# Legami

CATTURAMI: LIBRO 2

## Anna Zaires

♠ Mozaika Publications ♠

Questo libro è un'opera di fantasia. Tutti i nomi, i personaggi, i luoghi e gli eventi narrati sono il frutto della fantasia dell'autrice o sono usati in maniera fittizia. Qualsiasi riferimento a persone reali, viventi o scomparse, luoghi o eventi è puramente casuale.



Pubblicato da Mozaika Publications, stampato da Mozaika LLC.
www.mozaikallc.com

Traduzione italiana: Martina Stefani 2017
Revisione italiana a cura di Immacolata Sciplini

Copertina della Najla Qamber Designs.
www.najlaqamberdesigns.com

e-ISBN: 978-1-63142-244-7
Print ISBN: 978-1-63142-245-4

# La Prigioniera

# 1

Yulia

Prigioniera. Detenuta.

Con il peso muscoloso di Lucas che mi tiene inchiodata al letto, percepisco la realtà più intensamente che mai. Ho i polsi legati sopra la testa e il mio corpo è invaso da un uomo che mi ha appena mostrato sia il paradiso che l'inferno. Sento il cazzo di Lucas che si affloscia dentro di me, e gli occhi mi bruciano per le lacrime non versate mentre sono sdraiata lì, con il viso rivolto dall'altra parte per evitare di guardarlo.

Mi ha presa e, ancora una volta, gliel'ho lasciato fare. No, non solo gliel'ho lasciato fare—l'ho accettato senza problemi. Pur sapendo quanto il mio rapitore mi detesti, l'ho baciato di mia spontanea volontà, abbandonandomi ai sogni e alle fantasie che non hanno mai trovato spazio nella mia vita.

Ho ceduto al desiderio per un uomo che mi distruggerà.

Non so perché Lucas non l'abbia ancora fatto, per quale motivo io stia nel suo letto e non appesa in qualche capannone per le torture, ridotta a pezzi e sanguinante. Non è questo che mi aspettavo quando gli uomini di Esguerra mi hanno portata qui ieri, e mi sono resa conto che l'uomo di cui credevo di aver causato la morte era vivo.

Vivo e determinato a punirmi.

Lucas si muove sopra di me, spostando leggermente il suo peso, e sento la fresca brezza dell'aria condizionata sulla pelle sudata. I miei muscoli interni si contraggono mentre tira il cazzo fuori da me, e prendo consapevolezza di un profondo dolore tra le gambe.

Mi si stringe la gola, e il bruciore dietro le palpebre si intensifica.

*Non piangere. Non piangere.* Ripeto quelle parole come un mantra, concentrandomi per tenere le lacrime sotto controllo. È più dura del previsto, e so che è a causa di quello che è appena accaduto tra noi.

Dolore e piacere. Paura e lussuria. Non sapevo che la combinazione potesse essere così devastante, che avrei potuto levarmi in volo dopo essere stata immersa nell'abisso del mio passato.

Non avrei mai immaginato di poter venire pochi istanti dopo aver ricordato Kirill.

Solo pensare al nome del mio addestratore mi fa gonfiare il nodo in gola, con gli oscuri ricordi che minacciano di riprendere il sopravvento.

*No, smettila. Non pensarci.*

Lucas si sposta di nuovo, alzando la testa, e io tiro un sospiro di sollievo quando mi lascia andare i polsi e scivola via da me. La sensazione di formicolio dietro i miei occhi scompare, mentre faccio un respiro pieno, riempiendo i polmoni dell'aria di cui ho davvero bisogno.

Sì, ecco. Ho solo bisogno di un po' di distanza da lui.

Con un altro respiro, giro la testa per vedere Lucas alzarsi e togliere il preservativo. I nostri occhi si incrociano, e percepisco un accenno di confusione nella freddezza grigio-azzurra del suo sguardo. Un attimo dopo, tuttavia, l'emozione svanisce, facendo apparire il suo volto con la mascella quadrata più duro e spietato che mai.

"Alzati." Lucas si avvicina e mi afferra per il braccio. "Andiamo." Mi trascina giù dal letto.

Sono troppo fragile per oppormi, così inciampo mentre mi guida lungo il corridoio.

Pochi istanti dopo, si ferma davanti alla porta del bagno. "Hai bisogno di un minuto?" chiede, e io annuisco, grata dell'offerta. Ho bisogno di più di un minuto—ho bisogno di un'eternità per riprendermi da questo—ma mi accontenterò di un minuto di privacy, se questo è tutto ciò che posso avere.

"Non cercare altri oggetti" dice, mentre chiudo la porta, e prendo nota del suo avvertimento, facendo solo la pipì e lavandomi le mani il più in fretta possibile. Anche se trovassi qualcosa con cui combatterlo, non ne avrei la forza in questo momento. Sono esausta, sia fisicamente che emotivamente, con il corpo dolorante quasi quanto la mia anima. È stato troppo intenso: il breve legame che ho creduto avessimo, il modo in cui all'improvviso è diventato freddo e crudele, i ricordi uniti al devastante piacere.

Il fatto che Lucas mi abbia scopata nonostante quella ragazza, quella con i capelli scuri che mi ha spiata dalla finestra.

Mi si stringe di nuovo la gola, e devo soffocare un singhiozzo. Non so perché proprio questo pensiero, tra tutte le cose, sia così doloroso. Non ho alcun diritto sul mio rapitore. Nella migliore delle ipotesi, sono il suo giocattolo, un suo oggetto. Si divertirà con me finché non si annoierà, e poi mi farà a pezzi.

Mi ucciderà senza pensarci due volte.

*Sei mia*, ha detto mentre mi scopava e, per un attimo, ho creduto che lo pensasse sul serio. Ho creduto che si sentisse attratto da me quanto io lo sono da lui.

Chiaramente, mi sbagliavo.

Un sottile velo di lacrime mi offusca la vista, e sbatto le palpebre per eliminarlo dai miei occhi. Il viso che mi fissa nello specchio del bagno è scarno ed eccessivamente pallido. Due mesi nella prigione russa hanno avuto la meglio sul mio aspetto. Non so nemmeno perché Lucas mi voglia in questo momento. La sua ragazza è infinitamente più bella, con la carnagione scura e i lineamenti vivaci.

Un duro colpo sulla porta mi fa trasalire.

"Il tuo minuto è scaduto." La voce di Lucas è dura, e so che non posso più continuare a evitare il suo sguardo. Facendo un respiro per calmarmi, apro la porta.

Lui è lì, in attesa. Mi aspetto che mi riporti con sé; invece, entra nel bagno.

"Vieni" dice, spingendomi verso la doccia. "Ora ci laveremo."

*Ci laveremo? Farà la doccia con me?* Il mio intestino si contorce, con il calore che si diffonde sulla mia pelle a quell'immagine, ma obbedisco. Non ho scelta, ma anche se l'avessi, il ricordo delle settimane senza doccia nella prigione di Mosca è ancora terribilmente vivo nella mia mente.

Se il mio rapitore vuole che faccia cinque docce al giorno, sarò lieta di farle.

Il box doccia è abbastanza grande da accogliere entrambi, con il vetro pulito e moderno. In generale, tutto della casa di Lucas è pulito e moderno, completamente diverso dal minuscolo appartamento a Mosca di epoca sovietica, dove vivevo.

"Il tuo bagno è bello" dico stupidamente quando apre l'acqua. Non so perché io scelga proprio questo argomento tra tanti, ma ho bisogno di distrarmi in qualche modo. Siamo sotto la doccia, nudi, insieme, e anche se abbiamo appena fatto sesso, non riesco a smettere di fissarlo. I suoi muscoli ben definiti si gonfiano ad ogni movimento, e il sacco pesante gli pende fra le gambe, dove il cazzo semiduro brilla per le tracce del suo seme. Non è l'unico uomo che io abbia visto nudo, ma è di gran lunga il più bello.

"Ti piace il bagno?" Lucas si gira verso di me, lasciando che il getto d'acqua colpisca le sue spalle larghe, e mi rendo conto che non sono l'unica ad essere consapevole della carica sessuale che c'è nell'aria. È proprio lì, nello sguardo con le palpebre pesanti, che si sofferma sul mio corpo prima di tornare a concentrarsi sul mio viso, nel modo in cui le sue grandi mani si chiudono, come se volesse evitare di prendermi.

"Sì." Cerco di sembrare indifferente, come se non fosse un grosso problema il fatto di stare qui insieme a lui, dopo che mi ha scopata e che ha mandato le mie emozioni in tilt. "Mi piace la semplicità del tuo arredamento."

Noto un piacevole cambiamento nel complicato atteggiamento dell'uomo.

Mi fissa, con i suoi occhi chiari più grigi che azzurri sotto questa luce, e vedo che, a differenza mia, non ha intenzione di distrarsi. Voleva che facessimo la doccia insieme per una ragione, e quella ragione diventa evidente quando mi raggiunge e mi tira con sé sotto il getto d'acqua.

"Mettiti giù." Accompagna l'ordine con una forte spinta sulle mie spalle. Le mie gambe si piegano, incapaci di resistere alla forza delle sue mani che spingono verso il basso, e mi ritrovo in ginocchio davanti a lui, con il viso al livello del suo inguine. La sua ampia schiena devia la maggior parte del getto d'acqua, ma le goccioline mi raggiungono lo stesso, costringendomi a chiudere gli occhi, mentre mi afferra per i capelli e mi tira la testa vicino al suo cazzo duro.

"Se mi mordi. . ." Lascia la minaccia in sospeso, ma non ho bisogno di sentire i dettagli per capire che non andrebbe a finire bene per me. Vorrei dirgli che l'avvertimento non serve, che sono troppo sconvolta per oppormi in questo momento, ma non mi dà la possibilità di farlo. Non appena separo le labbra, spinge il cazzo dentro, andando così in profondità che quasi soffoco prima che lo tiri fuori. Ansimando, mi sostengo sulle colonne d'acciaio delle sue cosce, e spinge di nuovo dentro, più lentamente questa volta.

"Bene, che brava ragazza." Allenta la presa tra i miei capelli, quando chiudo le labbra intorno alla sua asta e lo succhio. "Proprio così, bellissima. . ." Stranamente, le sue parole di incoraggiamento inviano una spirale di calore nel mio intimo. Sono ancora bagnata per la scopata, e sento quell'umidità quando unisco le cosce, cercando di contenere il dolore all'interno.

Non è possibile che io lo voglia di nuovo. Il mio sesso è infiammato e gonfio, il mio intimo sensibile per il suo duro possesso. Ripenso anche a quell'invadente oscurità, con i ricordi che mi hanno quasi risucchiata. Stare con un uomo del genere—quando sono completamente in balia del suo potere e vuole punirmi—è il mio peggior incubo, ma con Lucas nulla di tutto quello sembra avere importanza.

Sono ancora eccitata.

Chiude le dita a pugno tra i miei capelli, mentre spinge nella mia bocca, assumendo un ritmo ben preciso, e faccio del mio meglio per rilassare i muscoli della gola. So come fare un bel pompino, e sfrutto quell'abilità ora, afferrandogli le palle con entrambe le mani, mentre succhio con le labbra.

"Sì, così." La sua voce è carica di lussuria. "Continua."

Obbedisco, stringendogli le palle sempre di più, mentre lo prendo ancora più in profondità nella gola. Stranamente, non mi dà fastidio dargli questo piacere. Anche se sono in ginocchio, ho la sensazione di avere maggior controllo ora che in qualsiasi momento dal mio arrivo questa mattina. Gli sto *permettendo* di fare questo, e c'è del potere in questo, anche se so che è più che altro un'illusione. Sono la sua prigioniera, non la sua ragazza, ma per il momento, posso fingere di esserlo, posso fingere che l'uomo che sta spingendo il cazzo tra le mie labbra mi consideri come qualcosa di più di un semplice oggetto sessuale.

"Yulia…" Geme, contribuendo all'illusione, e poi spinge fino in fondo e si ferma, spruzzandomi getti di sperma in gola. Mi concentro sulla respirazione, stando attenta a non soffocare mentre deglutisco, con le mani che continuano a cullare le sue palle tese.

"Che brava ragazza" sussurra, lasciandomi prendere ogni goccia, e poi mi accarezza i capelli, con un tocco più delicato che mai. Avrei dovuto trovare la sua approvazione umiliante, ma godo della tenerezza, beandomene dal disperato bisogno. Mi sento stanca, così stanca che tutto quello che vorrei fare è restare così, con lui che mi accarezza i capelli, mentre mi addormento.

Troppo presto, mi fa alzare in piedi, e apro gli occhi quando il getto d'acqua inizia a colpirmi il petto al posto del viso. Lucas non parla, ma quando versa il bagnoschiuma sul palmo della mano e lo applica sulla mia pelle, il suo tocco è ancora delicato e rilassante.

"Poggiati con la schiena su di me" mormora, spostandosi alle mie spalle, e mi inclino su di lui, poggiando la testa sulla sua spalla forte mentre mi lava davanti, con le grandi mani che mi insaponano i seni, la pancia, e la tenera zona tra le gambe. Si sta prendendo cura di me, mi rendo conto, sognante, mentre ricomincio ad addormentarmi, chiudendo gli occhi per godere delle sue attenzioni.

Troppo presto, sono pulita, e lui fa un passo indietro, dirigendo il getto verso di me per risciacquarmi. Barcollo un po', con le gambe che mi sostengono a stento, mentre Lucas chiude l'acqua e mi conduce fuori dalla doccia.

"Vieni, andiamo a letto. Stai per addormentarti." Avvolge un asciugamano spesso intorno a me e mi solleva, portandomi fuori dal bagno. "Hai bisogno di riposare."

Mi porta in camera e mi sistema sul letto.

Sbatto le palpebre, con il pensiero lento e pigro. Non mi legherà sul pavimento accanto al letto?

"Dormirai con me" dice, rispondendo alla mia domanda inespressa. Sbatto di nuovo le palpebre, troppo stanca per riflettere su cosa significhi tutto questo, ma sta già tirando fuori un paio di manette dal cassetto del comodino.

Prima che io possa fare domande sulle sue intenzioni, fa scattare una manetta intorno al mio polso sinistro e attacca la seconda al suo. Poi si sdraia, allungandosi dietro le mie spalle, e curva il corpo intorno al mio, lasciando penzolare il braccio sinistro ammanettato al mio fianco.

"Dormi" mi sussurra in un orecchio, e lo faccio, sprofondando nel caldo comfort dell'oblio.

# lucas

Il respiro di Yulia si calma quasi subito, con il corpo che sembra privo di ossa, quando si addormenta nel mio abbraccio. I suoi capelli sono bagnati per la doccia, con l'umidità che si infiltra nel cuscino, ma non mi importa.

Sono troppo concentrato sulla donna tra le mie braccia.

Profuma di bagnoschiuma e di lei, con quell'odore unico e delicato che in qualche modo mi ricorda ancora le pesche. Il suo corpo snello è soffice e caldo, con la curva del suo culo morbido sul mio inguine. Il mio corpo si sente soddisfatto mentre sono sdraiato lì, ma la mia mente si rifiuta di rilassarsi.

L'ho scopata.

L'ho scopata, e ancora una volta è stato il miglior sesso che io abbia mai fatto, superando addirittura quella volta con lei a Mosca. Quando sono entrato dentro di lei, l'intensità delle sensazioni mi ha tolto il fiato. Non mi è sembrato nemmeno sesso—mi è sembrato di essere tornato a casa.

Anche ora, al ricordo di come sono scivolato nelle sue profondità calde e strette, il mio cazzo si contorce e il torace mi fa male in un modo indefinibile. Non voglio questo da lei, qualunque cosa sia "questo." Avrebbe dovuto essere semplicissimo: scoparla, togliermi lo sfizio, punirla, e ottenere informazioni da lei. Ha ucciso gli uomini con cui ho lavorato e mi sono allentato per anni.

Ha quasi ucciso *me*.

L'idea che io provi qualcosa di diverso dall'odio e lussuria per Yulia mi fa infuriare. C'è voluta tutta la mia forza di volontà per ignorare la dolcezza del suo sguardo e trattarla come la prigioniera che è—per scoparla duramente invece di fare l'amore con lei. Sapevo che le stavo facendo del male— ho sentito la sua resistenza quando ho spinto senza pietà dentro di lei—ma non potevo farle capire quali sentimenti mi provoca.

Non potevo cedere a quella folle debolezza.

Ma ho fatto esattamente questo, quando mi ha succhiato il cazzo senza un accenno di protesta, strizzandomi con la bocca come se non ne avesse mai abbastanza. Mi ha fatto provare piacere dopo che l'ho trattata come una puttana, e quel dannato bisogno è riaffiorato.

Il bisogno di abbracciarla e di proteggerla.

Si è inginocchiata davanti a me, con le sue ciglia umide e folte sulle guance pallide, mentre ha inghiottito ogni goccia del mio sperma, e volevo cullarla, prenderla in braccio e farle promesse che non avrei mai mantenuto. Ho deciso di lavarla, ma non sono riuscito a legarla e a farla dormire sul pavimento—proprio come prima non ero riuscito a farle davvero male.

Che casino del cazzo. È qui da meno di ventiquattro ore, e la furia che brucia dentro di me da due mesi sta già cominciando a raffreddarsi, rendendomi vulnerabile come non mai. Non dovrebbe importarmi della debolezza e della fame che prova, del fatto che il suo corpo sia l'ombra di quello che era e che i suoi occhi azzurri sembrino esausti. Non dovrebbe importarmi che sia stata assunta a undici anni e mandata a lavorare come spia a Mosca a sedici.

Nessuno di questi fatti dovrebbe fare la differenza per me, ma le cose non stanno così.

*Cazzo.*

Chiudo gli occhi, dicendo a me stesso che qualunque cosa provi è solo temporanea, che passerà non appena ne avrò abbastanza di lei.

Mi dico questo anche se so che sto mentendo.

Non sarà così semplice, e avrei dovuto saperlo.

---

Uno strano rumore mi fa svegliare dal sonno profondo. Apro gli occhi, e ogni traccia di sonnolenza scompare, mentre l'adrenalina mi attraversa. Mi irrigidisco, preparandomi a combattere, ma poi ricordo che non sono solo.

C'è una donna tra le mie braccia, con il polso sinistro ammanettato al mio.

Respiro lentamente, realizzando che quel rumore proveniva da lei. Si muove, e lo sento di nuovo.

Un lieve lamento che termina con un grido soffocato.

"Yulia." Metto la mano sinistra sulla sua spalla, sollevandole il braccio. "Yulia, svegliati."

Si gira, alle prese con un'improvvisa ferocia, e mi rendo conto che non si è ancora svegliata. Sta piangendo, ansimando, e strattona le manette con tutta la sua forza.

*Figlia di puttana.*

Le afferro il polso sinistro per impedirle di fare del male a entrambi e rotolo sopra di lei, immobilizzandola con il mio peso. "Calmati" le sussurro in un orecchio. "È solo un sogno."

Mi aspetto che smetta di lottare, che si svegli e si renda conto di cosa sta succedendo, ma non è questo che succede.

Si trasforma in un animale selvatico.

# yulia

"È colpa tua, troia. È tutta colpa tua."

Un corpo pesante mi spinge a terra, con mani crudeli che mi strappano i vestiti, e poi provo dolore, un brutale dolore lancinante, mentre spinge dentro di me, dicendomi che quella è la mia punizione, che merito di pagare.

"Non farlo!" grido, lottando, ma non riesco a muovermi, non riesco a respirare sotto di lui. "Basta, ti prego smettila!"

"Calmati" mi sussurra in inglese. "Calmati, cazzo."

La stranezza che Kirill parli in lingua inglese mi fa sussultare per un secondo, ma il panico è troppo grande per poterci riflettere a fondo. Il dolore della violazione e la vergogna sono come una morsa schiacciante nel petto. Sto soffocando, sprofondando nella fredda oscurità, e tutto quello che posso fare è oppormi, urlare e combattere.

"Yulia. Cazzo, smettila!" La sua voce è più profonda di quanto ricordassi, e sta parlando di nuovo in inglese. Perché lo sta facendo? Non ci stiamo esercitando in questo momento. Quella stranezza mi colpisce, e mi rendo conto che non è l'unica.

Non ha messo la sua colonia.

Confusa, resto sotto di lui e mi rendo conto che in realtà non provo dolore.

È sopra di me, ma non mi sta facendo del male.

Torno alla realtà, e mi ricordo.

Kirill è stato sette anni fa. Non mi trovo a Kiev—sono in Colombia, prigioniera di un altro uomo che vuole punirmi per quello che ho fatto.

"Yulia." Sento la voce calma di Lucas sul mio orecchio. "Posso lasciarti andare?"

"Sì" sussurro nel cuscino. I muscoli mi tremano dagli sforzi eccessivi, e il mio respiro è affannoso, come se avessi corso. Devo aver combattuto Lucas invece del fantasma nel mio incubo. "Sto bene ora. Davvero."

Lucas rotola giù da me, e sento qualcosa che mi tira il polso sinistro, nel punto in cui le manette ancora ci uniscono. La mia pelle sotto il metallo è irritata e screpolata. Devo aver strattonato le catene durante il combattimento.

Si allunga, e un secondo dopo, vedo una tenue luce soffusa, che illumina la stanza. La vista delle pareti bianche è la prova ulteriore che stavo sognando e che Kirill non è qui con me.

Lucas raggiunge il comodino e prende una chiave per sbloccarmi le manette. Quando rimette la chiave nel cassetto, rilevo automaticamente dove la ripone, anche se i miei denti stanno già cominciando a battere. Non avevo un incubo così forte e realistico da anni, e avevo dimenticato quanto potessero essere brutti.

Lucas si gira verso di me. "Yulia." Il suo sguardo è cupo quando mi raggiunge. "Che cos'è successo?"

Lascio che mi prenda sul suo grembo, in modo da poter sentire il calore del suo corpo sulla mia pelle congelata. Non riesco a smettere di tremare, con l'ombra dell'incubo che incombe ancora su di me. "Io—" Mi si incrina la voce. "Ho fatto un brutto sogno."

"No." Mi sposta il mento verso l'alto con una mano, costringendomi a guardarlo negli occhi. "Dimmi perché hai fatto questo brutto sogno. Che cosa ti è successo?"

Serro le labbra, sopprimendo l'illogico impulso di obbedire a quel flebile ordine. Qualcosa nel modo in cui mi guarda—quasi come un genitore che conforta il figlio—mi fa venir voglia di confidarmi con lui, di dirgli cose che ho condiviso solo con la terapeuta dell'agenzia.

"Che cos'è successo?" insiste Lucas, addolcendo il tono, e sento il desiderio riaffiorare, il desiderio per il legame che ho immaginato tra noi. Solo che forse non l'ho immaginato. Forse c'è davvero qualcosa.

Vorrei così tanto che ci fosse davvero qualcosa.

"Yulia." Piegando il palmo della mano sulla mia mascella, Lucas mi accarezza la guancia con il pollice. "Dimmelo. Per favore."

È quell'ultima parola che mi distrugge, pronunciata da un uomo così duro e prepotente. Non c'è rabbia nel modo in cui mi sta toccando, né lussuria violenta. È vero che prima mi ha fatto del male, ma mi ha anche fatto provare piacere e una parvenza di tenerezza. E in questo momento non sta pretendendo risposte da me—sta solo chiedendo.

Mi sta facendo delle domande, e non posso rifiutare di rispondergli.

Non quando mi sento così persa e sola.

"Va bene" sussurro, guardando l'uomo che ho sognato negli ultimi due mesi. "Che cosa vuoi sapere?"

# Lucas

"Quanti anni avevi quando è successo?" chiedo, spostando la mano sulla parte posteriore del suo collo per massaggiarle i muscoli tesi. Il corpo di Yulia trema mentre la tengo sul grembo, e un impulso di rabbia mi fa contorcere le viscere.

Qualcuno le ha fatto male, molto male, e quella persona pagherà.

"Quindici" risponde, e sento il nodo nella sua voce.

*Quindici.* Mi sforzo di rimanere fermo e di non cedere alla vulcanica violenza che ribolle dentro di me. Avevo il sospetto che si trattasse di qualcosa del genere. La sua voce mentre urlava era acuta, quasi infantile, con le parole che le uscivano in russo o ucraino.

"Chi era?" Mantenendo la voce dolce, continuo a massaggiarla. Questo sembra calmarla, facendola tremare un po' meno. Il colorito del suo viso si abbina alle mie lenzuola bianche, con i suoi occhi azzurro-scuri per la luce fioca della lampada sul comodino. Avrà anche ventidue anni, ma in questo momento, sembra incredibilmente giovane.

Giovane e incredibilmente fragile.

"Si chiamava—" deglutisce. "Si chiamava Kirill. Era il mio addestratore."

*Kirill.* Ne prendo nota tra me e me. Avrò bisogno del suo cognome per avviare una ricerca, ma è già qualcosa. Poi, rifletto sulla seconda parte di quello che mi ha detto.

"Il tuo addestratore?"

Distoglie lo sguardo. "Uno dei tanti. La sua specialità era il combattimento corpo a corpo."

*Figlio di puttana.* Una ragazzina di quindici anni—dannazione, persino un uomo adulto—non avrebbe avuto alcuna possibilità.

"E le persone per cui lavoravi hanno permesso che questo accadesse?" La rabbia si insinua nella mia voce, e lei indietreggia, quasi impercettibilmente. Non volendo spaventarla, faccio un respiro profondo, cercando di riprendere il controllo. Continua a non guardarmi, con gli occhi puntati su qualcosa alla mia sinistra, così faccio scivolare la mano tra i suoi capelli e le afferro delicatamente la testa, riportando la sua attenzione su di me.

"Yulia, per favore." Con uno sforzo, addolcisco il tono. "L'hanno punito?"

"No." Piega le labbra in un'amara ironia. "È questo il punto. Non l'hanno fatto."

"Non capisco."

Ride, emettendo un verso rude e pieno di dolore. "Avrebbero dovuto punirlo. Almeno, non sarebbe stato così furioso."

Il mio sangue ribolle ed è ghiacciato al tempo stesso. "Dimmi."

"Ha cominciato a venire da me quando ho compiuto quindici anni, subito dopo essermi tolta l'apparecchio ai denti." Distoglie di nuovo lo sguardo. "Ero una bambina brutta, vedi—alta, magrissima e goffa—ma crescendo, sono migliorata. I ragazzi hanno cominciato ad apprezzarmi, e anche gli uomini hanno cominciato ad accorgersi di me. È successo quasi da un giorno all'altro."

"E lui era uno degli uomini."

Annuisce, rivolgendomi nuovamente la sua attenzione. "Sì. Era uno degli uomini. Non era un grosso problema all'inizio. Mi teneva un po' più a lungo sul tappeto o mi faceva ripetere una mossa un paio di volte in più per potermi toccare. Non avevo nemmeno capito che era interessato, non prima che—" Si ferma bruscamente, con un tremito.

"Non prima che?" insisto, cercando di rimanere abbastanza calmo da poter ascoltare.

"Non prima che mi mettesse alle strette nello spogliatoio." Deglutisce di nuovo. "Mi ha presa dopo una doccia, e mi ha toccata. Dappertutto."

*Fottuto pezzo di merda.* Voglio uccidere quell'uomo così brutalmente da poterne provare piacere.

"Cos'è successo dopo?" mi sforzo di chiedere. La storia non finisce lì, immagino.

"L'ho denunciato." Un brivido attraversa l'esile corpo di Yulia. "Mi sono rivolta al direttore del programma e gli ho parlato di Kirill."

"E?"

"E l'hanno licenziato. Gli hanno detto che sarebbe andato via e che non avrebbe mai più avuto a che fare con me."

"Ma non l'ha fatto."

"No" concorda debolmente. "Non l'ha fatto."

Faccio un respiro e mi preparo. "Che cosa ti ha fatto?"

"È venuto a trovarmi nel dormitorio dove vivevo, e mi ha violentata." La sua voce è piatta, e distoglie un'altra volta lo sguardo. "Ha detto che mi stava punendo per quello che avevo fatto."

Quelle parole mi lasciano senza fiato. Il parallelismo non mi sfugge. Anch'io ho pensato di usare il sesso come punizione, saziando la mia libidine col suo corpo e mostrandole allo stesso tempo quanto significasse poco per me.

In realtà, questo è quello che ho pensato prima, quando l'ho presa questa notte, ignorando la sua resistenza.

"Yulia. . ." Per la prima volta dopo anni, provo un amaro odio verso me stesso. Non mi stupisce che sia entrata nel panico quando l'ho inchiodata sul pavimento del corridoio. "Yulia, io—"

"I medici hanno detto che ero stata fortunata che le altre allieve mi avevano trovata poco dopo il fatto" continua, anche se non fiato. "In caso contrario, sarei morta dissanguata."

"Dissanguata?" La rabbia che riaffiora mi stringe la gola. "Quel figlio di puttana si è spinto fino a tanto?"

"Fino all'emorragia" spiega, con il viso stranamente calmo mentre torna ad incrociare il mio sguardo. "Era la mia prima volta, e lui è stato duro. Molto duro."

La morte del fottuto bastardo sarà lenta. Molto lenta. Nella mia mente vedo passare alcune delle tecniche di Peter Sokolov da poter utilizzare sull'addestratore, e la fantasia mi rende abbastanza deciso da poterle chiedere: "Qual è il suo cognome?"

Yulia sbatte le palpebre, e vedo un po' della sua innaturale calma svanire. "Il suo cognome non ha importanza."

"Ha importanza per me." Le stringo le spalle, sentendo la fragilità delle sue ossa. "Andiamo, tesoro. Dimmi il suo cognome."

Scuote la testa. "Non ha importanza" ripete. Il suo sguardo si indurisce quando aggiunge: "*Lui* non ha più importanza. È morto. È morto da sei anni."

Fanculo. Fanculo alla mia fantasia.

"L'hai ucciso tu?" chiedo.

"No." I suoi occhi brillano come schegge di vetro rotto. "Vorrei averlo fatto. Volevo, ma il direttore del nostro programma ha mandato un sicario ad ucciderlo."

"Così, ti hanno privata della vendetta." So che la maggior parte delle persone sarebbe contenta che una ragazza non abbia avuto la possibilità di commettere un omicidio, ma non ho mai creduto all'idea di porgere l'altra guancia. C'è una certa soddisfazione nella vendetta, un senso di realizzazione. Essa non annulla il passato, ma può aiutare a farci sentire meglio.

Lo so, perché ha aiutato *me*.

Yulia non risponde, e mi rendo conto di aver toccato un tasto dolente. La odia per questo, odia questa agenzia di cui si rifiuta di parlare—questo "direttore del programma," che avrebbe dovuto proteggerla dal suo addestratore.

Li tradirebbe ora se le chiedessi di farlo? È vulnerabile dopo aver rivelato il suo doloroso passato. Sarei un vero bastardo ad approfittare di questo. Ma se lo facessi, potrei avere le informazioni di cui ho bisogno, e non avrei bisogno di farle del male.

La terrei al sicuro, e nessuno le farebbe più del male.

Ieri, avrei accantonato quel pensiero, considerandolo una debolezza, ma ora non più. Ho mentito a me stesso tutte queste settimane, ed è giunto il momento di ammetterlo. Non riuscirò a torturarla. Quando provo a immaginare di usare il coltello su di lei come ho fatto con quel trasgressore, mi si contorce lo stomaco. Anche prima del suo incubo, non immaginavo di trattare Yulia come se fosse una vera e propria prigioniera, e ora che so quanto ha già sofferto, l'idea di provocarle altro dolore mi fa star male fisicamente.

Giungendo a una decisione, dico tranquillamente: "Parlami del programma." Questa è la mia migliore occasione per ottenere le informazioni necessarie, e devo sfruttarla, anche se questo significasse sfruttare la vulnerabilità di Yulia. Continuando a sostenere il suo sguardo, sposto una mano sulla sua nuca e la accarezzo delicatamente. "Chi sono le persone che ti hanno reclutata?"

Si blocca sul mio grembo, e vedo un lampo di dolore sui suoi lineamenti, prima che lasci spazio a una bellissima maschera. "Il programma?" La sua voce è fredda e distante. "Non ne so nulla."

E spingendomi via, salta giù dal letto e corre fuori dalla stanza.

# yulia

Corro lungo il corridoio, con i piedi nudi e silenziosi sul tappeto. Il tradimento è un'amara melma oleosa che mi ricopre la lingua.

*Stolta. Idiota. Dura. Debilka.* Mi punisco in due lingue, incapace di trovare parole sufficienti per giustificare la mia stupidità. Come ho potuto fidarmi di Lucas anche per un secondo? So cosa vuole da me, ma continuo ad abbandonarmi a quello stupido desiderio, a delle fantasie che avrebbero dovuto morire nel momento in cui ho capito che era vivo.

L'uomo che ho sognato in prigione non è mai stato altro che un frutto della mia immaginazione.

La tecnica di interrogatorio che ha usato su di me è fin troppo elementare. Fase uno: avvicinati al nemico e scopri la sua debolezza. Fase due: fingi di provare comprensione e di essergli vicino. È il trucco più vecchio del mondo, e ci sono cascata in pieno.

Ero così bisognosa di calore umano che ho permesso a un nemico di leggere dentro la mia anima.

"Yulia!" Sento Lucas che mi rincorre, ma ho già raggiunto il bagno. Saltandoci dentro, chiudo la porta a chiave, poi mi appoggio contro di essa, sperando di impedirgli di romperla per almeno qualche secondo.

"Yulia!" Sbatte il pugno sulla porta, e la sento vibrare, peggiorando il tremito del mio corpo. Sento di nuovo freddo, con il gelo dell'incubo che riaffiora. Perché ho detto a Lucas di Kirill? Non mi sono mai fidata di nessuno, ad eccezione della terapeuta dell'agenzia, a cui ho raccontato tutta la storia. Obenko la conosceva, naturalmente—è stato lui a ordinare di uccidere Kirill—ma non ne ho mai parlato con lui.

Al di fuori delle sedute di terapia, non ne ho mai parlato con nessuno prima di conoscere Lucas.

"Yulia, apri questa porta." Smette di martellare, con tono calmo ora. "Esci fuori e parliamone."

Parlare? Mi viene da ridere, ma ho paura che mi uscirebbe come un singhiozzo. Quando sono stata reclutata per la prima volta, la terapeuta dell'agenzia ha espresso la sua preoccupazione sul fatto che non sarei stata sufficientemente distaccata per il lavoro, che l'aver perso la mia famiglia da piccola mi aveva resa una facile preda della manipolazione emotiva. È stato un punto debole su cui ho lavorato duramente per poterlo superare, ma a quanto pare non abbastanza duramente.

Un tenero tocco, uno scoppio di rabbia, e sono diventata creta nelle mani di Lucas Kent.

"Yulia, non c'è niente in quella stanza per te. Esci fuori, tesoro. Non ti farò niente, te lo giuro."

*Tesoro*? Una scintilla di rabbia si accende dentro di me, scacciando un po' del freddo gelido. Crede che io sia davvero un'idiota?

Facendo un passo indietro, mi giro e sblocco la porta. Lucas ha ragione: non c'è niente in questo bagno per me, tranne l'auto-recriminazione e l'amarezza. Non posso cambiare quello che è successo. Non posso cancellare il fatto che mi sono fidata di un uomo che non desidera altro che la vendetta.

Quello che posso fare, però, è cambiare le carte in tavola.

Quando la porta si apre, guardo Lucas e lascio finalmente cadere le lacrime che mi bruciano gli occhi.

# lucas

*S*ta sulla porta, così bella e vulnerabile che mi si stringe il cuore nel petto. I suoi occhi brillano dalle lacrime e, quando mi allungo verso di lei, avvolge le braccia attorno al suo seno nudo in un gesto di difesa.

"No, vieni qui, tesoro." Apro le sue braccia e la tiro verso di me, esaminandole in fretta le mani per assicurarmi che non stia nascondendo un'arma. Per quanto Yulia possa sembrare fragile, non posso dimenticare che è un agente esperto e che ha già tentato di uccidermi.

Con mio grande sollievo, è disarmata, così le avvolgo le braccia intorno, spingendola sul mio torace. "Mi dispiace" sussurro, accarezzandole i capelli. "Mi dispiace così tanto."

La sensazione della sua pelle nuda sulla mia mi sconvolge ancora una volta, e devo concentrarmi per ignorare la pressione dei suoi capezzoli sul mio petto. Non voglio essere distratto dalla lussuria, non dopo quello che ho appena saputo.

So di essere irrazionale. Non dovrebbe importarmi che è stata abusata. Alcune delle persone più contorte che conosco hanno avuto un passato difficile, e non ho mai riservato loro un trattamento di favore per questo. Se hanno fatto gli stronzi, hanno pagato. Nessuno l'ha passata liscia con me, ma questo è esattamente quello che ho intenzione di fare con lei.

Il mio ripensamento è così improvviso che mi viene da ridere. È qui da meno di ventiquattr'ore, e i miei piani per lei sono già andati in fumo. Suppongo che avrei dovuto aspettarmelo, dato che non sono riuscito a togliermi Yulia dalla testa negli ultimi due mesi, ma l'intensità del mio bisogno e le scomode sensazioni che ne sono derivate continuano a sconvolgermi.

*Ha ucciso decine dei nostri uomini e per poco non ha ucciso anche me.*

Il pensiero che mi ha sempre reso furioso ora mi riporta alla mente solo echi della furia passata. Stava facendo il suo lavoro, svolgendo il compito che le era stato affidato. Ho sempre saputo che non era niente di personale, ma prima non mi importava. Occhio per occhio—Esguerra ed io abbiamo sempre agito in questo modo. Chi ci mette i bastoni tra le ruote, la paga.

Solo che non voglio più farla pagare a Yulia. Ne ha passate abbastanza, prima nella prigione russa, poi nelle mie mani. Invece di lei, concentrerò la mia vendetta sul vero responsabile: l'agenzia che le ha affidato quell'incarico.

"Torniamo a letto" dico, guardando Yulia. Ha smesso di tremare, anche se il suo viso è ancora bagnato dalle lacrime. "È quasi mattina."

Scuote fortemente la testa. "No, non riesco a dormire. Mi dispiace, ma non ci riesco proprio."

"Va bene." Il sole sta sorgendo, quindi credo che non sia un grosso problema. "Vuoi qualcosa da mangiare?"

Si libera dalla mia presa e fa un passo indietro. "Un altro panino?" La sua voce è ancora tremante, ma c'è anche una piccola nota di divertimento.

"Ho un po' di minestra" dico, cercando di distogliere lo sguardo dal suo esile corpo nudo.

Sbatte le palpebre. "Che genere di minestra?"

"Non lo so. Ho dimenticato di guardare nella pentola prima di metterla in frigo. Viene dalla casa di Esguerra. La sua domestica me l'ha portata ieri sera."

Un sorprendente sorrisetto fa piegare le labbra di Yulia. "Davvero? Ti portano anche gli scarti della tavola?"

"No." Ridacchio per il suo colpo un po' basso. "Vorrei che lo facessero, però. La governante di Esguerra è straordinaria a cucinare, e io non so cucinare un cazzo."

Yulia inarca le delicate sopracciglia. "Dici sul serio? Io *sì*."

"Davvero?" Mi ritrovo ad essere divertito da quella beffa inattesa. "Ti hanno insegnato a farlo in quella scuola per spie?"

"No, ho imparato da sola alcune ricette elementari quando sono arrivata a Mosca. Ricevevo un sussidio da studente, quindi non avevo molti soldi per poter mangiare fuori. Poi, ho scoperto che mi piaceva cucinare, così ho iniziato a sperimentare con le ricette più avanzate."

Il ricordo della natura incasinata del suo lavoro rovina il mio buon umore. "Non ricevevi uno stipendio?"

"Cosa?" Sembra scioccata. "Certo che lo ricevevo. Veniva depositato sul mio conto bancario in Ucraina. Ma non potevo utilizzare quei soldi—dovevo vivere come una studentessa, altrimenti non avrei superato i controlli del Cremlino."

Ovviamente. Viveva sotto copertura.

"Va bene" dico, sforzandomi di alleggerire il tono. "Proviamo la minestra per ora. Magari dopo mi mostrerai le tue abilità culinarie."

---

La minestra che mi ha dato Rosa è deliziosa, piena di funghi, riso, fagioli e pezzi di agnello. Mentre mangiamo, osservo Yulia, chiedendomi che diavolo farò con lei ora. La terrò nuda e legata in casa mia per sempre?

Con mia grande sorpresa, l'idea ha un certo fascino oscuro. Per la prima volta, capisco perché Esguerra ha tenuto sua moglie, Nora, sulla sua isola privata per i primi quindici mesi della loro relazione. È più sicura e isolata di qualsiasi altro posto—un luogo perfetto per una donna che non necessariamente voleva stare lì.

Se avessi un'isola, terrei Yulia lì, con nient'altro che non siano i suoi lunghi capelli biondi per coprirla.

Il suo cucchiaio sbatte sul piatto di ceramica—non ho piatti di carta per la minestra—e mi irrigidisco, posando lo sguardo sulla sua mano. Sta semplicemente mangiando, però, sembrando concentrata sul suo pasto.

Nonostante il suo atteggiamento calmo, non mi rilasso. Proverà a fare qualcosa, ne sono certo. Avrò anche deciso di non fargliela pagare, ma questo non significa che mi fidi di Yulia o che mi aspetti che lei si fidi di me. Anche se le dicessi che non ho più intenzione di punirla, non mi crederebbe. Intravedendo l'opportunità, fuggirebbe in un batter d'occhio, e il fatto che sembri così docile mi preoccupa. Ho fatto bene a prendere la precauzione di spostare tutte le armi di casa nel bagagliaio della mia macchina; sarebbe stato troppo rischioso avere armi in giro, quando la lascio mangiare slegata in questo modo.

*Nuda* e slegata.

Cerco di non farmi distrarre dalla vista dei capezzoli che fanno capolino attraverso il velo dei suoi capelli, ma è impossibile. Sotto al tavolo, il mio cazzo sembra fatto di pietra. Ho messo un paio di pantaloni strappati sulle ginocchia e una T-shirt prima di portare Yulia in cucina, ma non le ho dato abiti, e sto cominciando a credere che tenerla nuda così non sia una buona idea.

Come se percepisse il mio pensiero, Yulia sistema i capelli che ha dietro l'orecchio, spostandoli e soprattutto coprendoci i seni. Mi lascio sfuggire un sospiro di sollievo e ricomincio a mangiare, mentre l'eccitazione lentamente svanisce.

"Sai, non mi hai mai detto che cos'è successo quel giorno con il tuo aereo" dice, dopo aver mangiato metà della sua minestra, e vedo che i suoi occhi azzurri sono concentrati sul mio viso, e mi studiano. Ancora una volta, ricordo che ho a che fare con una qualificata professionista. Sembrerà anche fragile dopo l'incubo, ma questo non significa che non sia forte.

Deve esserlo, altrimenti non avrebbe potuto svolgere il suo lavoro dopo quella brutale aggressione.

"Vuoi dire, dopo che hanno sparato il missile contro di noi?" Spingo il piatto vuoto da una parte. Il fatto che parli così tranquillamente dell'incidente fa riaffiorare un po' della mia rabbia, e devo sforzarmi per mantenere un tono di voce calmo.

Yulia stringe la mano intorno al suo cucchiaio, ma non fa marcia indietro. "Sì. Come hai fatto a sopravvivere?"

Faccio un respiro profondo. Per quanto detesti parlarne, voglio che sappia che cos'è successo. "Il nostro aereo era dotato di uno scudo anti-missile, quindi non c'è stato un colpo diretto" dico. "Il missile è esploso al di fuori dell'aereo, ma il raggio di esplosione è stato così ampio che ha danneggiato i nostri motori e ha fatto incendiare la parte posteriore dell'aereo." O per lo meno, questa è la teoria a cui sembrano credere i nostri ingegneri sulla base dei resti dell'aereo. "Siamo precipitati, ma sono riuscito a dirigere l'aereo verso un bosco di alberi morbidi e cespugli. Hanno attutito la caduta, in qualche modo." Mi fermo, cercando di tenere l'ira sotto controllo. Eppure, la mia voce è dura quando dico: "La maggior parte degli uomini nella parte posteriore non è sopravvissuta, e i tre che sono sopravvissuti sono ancora in ospedale con ustioni di terzo grado."

Il suo viso sbianca mentre parlo. "Quindi, il tuo capo era davanti con te?" chiede, mettendo giù il cucchiaio. "È così che siete sopravvissuti?"

"Sì." Faccio un altro respiro per combattere i ricordi. "Esguerra è entrato nella cabina di pilotaggio per parlarmi appena prima che accadesse."

La fronte di Yulia si corruga dalla tensione. "Lucas, io—" comincia a dire, ma alzo la mano.

"No." La mia voce è tagliente come un rasoio. Se cominciasse a mentire ora, potrei non riuscire a controllarmi.

Si blocca e guarda il tavolo, smettendo subito di parlare. Sento la sua paura, e mi sforzo di fare un altro respiro e di aprire le mani—che inconsapevolmente si erano chiuse a pugno sul tavolo.

Dopo essermi assicurato che non scatterò, continuo. "Quindi sì, eravamo entrambi nella parte anteriore, e siamo sopravvissuti" dico, con un tono più calmo. "Esguerra è stato quasi ucciso in seguito, però. Al-Quadar ha saputo che si trovava in un ospedale di Tashkent, non lontano dalla loro roccaforte, e sono venuti a prenderlo."

Yulia alza la testa, con gli occhi spalancati. "I terroristi hanno preso il tuo capo?"

"Solo per un paio di giorni. L'abbiamo portato via prima che gli causassero troppi danni." Non entro nei dettagli delle operazioni di soccorso e di come la moglie di Esguerra abbia rischiato la vita per salvarlo. "Il suo occhio è stato la vittima principale."

"Ha perso un occhio?" Sembra stordita, e la sua reazione risveglia la vecchia gelosia dentro di me.

"Sì." La parola mi esce come se fossi risentito. "Ma non ti preoccupare—gli hanno messo un impianto, quindi è ancora bello come sempre."

Tace di nuovo, guardando il piatto. È ancora mezzo pieno, così dico in modo burbero: "Mangia. La minestra si sta freddando."

Yulia obbedisce, tirando su il cucchiaio. Dopo un paio di cucchiai, però, mi guarda di nuovo.

"Deve odiarmi un sacco" dice a bassa voce. "Il tuo capo, voglio dire."

Mi stringo nelle spalle. "Non tanto quanto odia Al-Quadar. O meglio, dovrei dire, *odiava* Al-Quadar."

Sbatte le palpebre. "Non ci sono più?"

"Li abbiamo eliminati" dico, studiando la sua reazione. "Quindi sì, non ci sono più."

Indietreggia, così debolmente che non me ne sarei nemmeno accorto, se non fossi stato a fissarla. "L'intera organizzazione? Tutte le loro cellule?" Sembra incredula. "Com'è possibile? I governi di tutto il mondo non hanno dato loro la caccia per anni?"

"Sì, ma i governi sono sempre. . . vincolati." Sorrido cupamente. "Quando si cerca di non mettersi al livello di coloro a cui si sta dando la caccia, è difficile fare quello di cui c'è bisogno. Si hanno le mani legate dalle leggi e dai limiti di spesa, dall'opinione pubblica e dalla democrazia. Gli elettori non vogliono leggere le storie di bambini uccisi in attacchi di droni o di famiglie di terroristi abusati durante gli interrogatori. Un po' di torture con l'acqua, e un po' di indignazione generale. Sono cose troppo morbide per questo genere di lotta."

"Ma tu ed Esguerra non lo siete." Yulia mette giù il cucchiaio, con mano incerta. "Voi siete disposti a fare quello di cui c'è bisogno."

"Sì, è così." Vedo dai suoi occhi che mi sta giudicando, e questo mi diverte. La mia spia è ancora innocente in qualche modo. "La roccaforte di Al-Quadar in Tagikistan era una delle grandi cellule rimaste, e da lì, è stata solo questione di trovare le poche che erano ancora sparse in tutto il mondo. Non è stato difficile, una volta che abbiamo impiegato tutte le nostre risorse."

Mi fissa. "Capisco."

"Mangia la minestra" le ricordo, vedendo che non sta più mangiando.

Yulia riprende il cucchiaio, e io mi alzo per prenderne un altro piatto. Quando torno al tavolo, vedo che ha quasi finito la sua porzione.

"Ne vuoi un altro po'?" chiedo, e lei scuote la testa, ancora una volta, facendomi scorgere di nuovo i suoi capezzoli.

"Sono sazia, grazie."

"Va bene." Mi sforzo di ricominciare a mangiare, invece di fissare il seno di Yulia. Quando alzo di nuovo lo sguardo, ha le ginocchia tirate su e le braccia avvolte strettamente intorno ad esse. Mi domando se non abbia notato la lussuria sul mio volto e se non si sia ricordata del suo incubo.

Ripensare a quello—a quello che le è successo a quindici anni—mi fa infuriare. Voglio scavare nel cadavere di Kirill e farlo a pezzi. So che è dannatamente ironico che io sia indignato per un semplice stupro, quando ho fatto cose che la maggior parte delle persone riterrebbe mille volte peggiori, ma non riesco ad essere razionale su questo.

Non riesco ad essere razionale quando si tratta di *lei*.

"Allora, Lucas, che cosa ti ha fatto decidere di lavorare qui?" chiede Yulia, distogliendomi dai pensieri, e mi rendo conto che sta cercando di scoprire i miei sentimenti, di capirmi meglio in modo che possa manipolarmi. Potrei eludere la sua domanda, ma prima è stata aperta con me, quindi le devo delle risposte.

Un po' di sincerità non farà male.

"Esguerra paga bene, ed è giusto con la sua gente" dico, appoggiandomi allo schienale della sedia. "Che cosa si può chiedere di più?"

"Giusto?" Yulia si acciglia. "Non è questa la reputazione del tuo capo. La maggior parte della gente lo descriverebbe come 'spietato,' credo."

Ridacchio, inspiegabilmente divertito da questo. "Sì, è un bastardo spietato, hai ragione. Tuttavia, generalmente mantiene la sua parola, il che lo rende equo per quanto mi riguarda."

"È per questo che gli sei così fedele? Perché mantiene la sua parola?"

"Tra le altre ragioni." Apprezzo anche la lealtà di Esguerra. Si è preso cura delle persone in questa tenuta dopo la morte dei suoi genitori, e lo ammiro per questo. Ma tutto quello che dico è: "Uno stipendio a sette cifre fa sicuramente comodo."

Yulia mi studia, e mi chiedo che cosa veda. Un mercenario amorale? Un mostro? Un uomo come Kirill? Per qualche ragione, questa ultima ipotesi mi dà fastidio. Non sarò molto meglio, ma non voglio che mi veda in quel modo.

Non voglio comparire nei suoi incubi.

"Allora, quando hai conosciuto Esguerra?" chiede, sempre cercando di raccogliere informazioni. "Come sei finito a lavorare per lui?"

"Non te l'hanno detto?" Immagino che dev'essere stata informata ampiamente sul mio capo, visto che era il suo incarico originale. E forse anche su di me, dal momento che lo accompagnavo.

"No" risponde Yulia. "Non era menzionato in nessun fascicolo."

E così, ha davvero investigato su di noi. "Che cosa *conteneva* il mio fascicolo?" chiedo, incuriosito.

"Solo le informazioni di base. La tua età, dove andavi a scuola, questo genere di cose." Fa una pausa. "Il tuo allontanamento dalla Marina."

Naturalmente. Non dovrebbe sorprendermi che sia al corrente di ciò. "Qualcos'altro?"

"No." Yulia fa un'altra pausa, poi aggiunge con calma: "Non c'era scritto nemmeno se fossi sposato o comunque fidanzato."

Un peculiare calore prende vita nel mio petto. Spingendo il piatto vuoto da una parte, mi piego in avanti e poggio gli avambracci sul tavolo. "Non lo sono" dico, rispondendo alla domanda che non ha posto. "In realtà, non sto con nessuno tranne te, da quella volta a Mosca."

Yulia mi rivolge uno sguardo indecifrabile. "No?"

"No." Evito di spiegare che la mia ossessione per lei mi impedisce di pensare a qualsiasi altra donna.

Alzandomi, metto i piatti nel lavandino, poi mi giro verso di lei. "Andiamo, bellissima. La colazione è finita."

# 7

## yulia

**M**entre Lucas mi conduce nel soggiorno, rifletto su quello che ho appena saputo. Ciò che Lucas mi ha detto di Al-Quadar combacia perfettamente con le informazioni contenute nel fascicolo di Esguerra. Il capo di Lucas è spietato con i suoi nemici, ed io sono uno di loro.

Anzi, avrei già dovuto essere uccisa in un modo orribile, ma sono viva, nutrita, e illesa. Ora che sto riflettendo in modo più razionale, mi rendo conto che la decisione di Lucas di manipolarmi emotivamente invece di torturarmi fisicamente è un incredibile colpo di fortuna. Avrà anche ferito i miei sentimenti, ma il mio corpo è intatto, e provo solo un lieve dolore. Non ho alcun dubbio sul fatto che stia giocando, ma è possibile che almeno una parte del gioco sia reale.

È possibile che il suo desiderio per me sia momentaneamente più forte del suo odio.

Ho verificato questa teoria quando sono uscita dal bagno, prima mostrando la mia vulnerabilità, poi comportandomi in modo astutamente amichevole. Vedendo che il mio rapitore sembrava reagire bene, ho menzionato il disastro aereo, un argomento che lo aveva già provocato. Il fatto che non mi abbia aggredita, —che effettivamente abbia parlato con me, raccontandomi una parte della sua storia—è più che incoraggiante.

Ciò significa che un po' della comprensione che ha mostrato in precedenza è autentica.

Sentendomi speranzosa, guardo Lucas camminare accanto a me. Ha una corda in mano, e quando ci fermiamo davanti alla sedia dove mi aveva legata prima, faccio del mio meglio per assumere un'espressione vulnerabile.

"Hai proprio bisogno di vedermi nuda?" chiedo, lasciando che i miei occhi luccichino dalle lacrime. È facile procurarsele; le mie emozioni passano ancora dal dolore alla rabbia al persistente desiderio di comfort. "Fa freddo quando l'aria condizionata si accende."

Esita, e gli rivolgo un implorante sguardo disperato. Sto recitando solo in parte. I vestiti non sono importanti, ma essere vestita mi farebbe sentire più umana. Soprattutto, però, se Lucas mi concedesse questo, significherebbe che la mia strategia di giocare con le *sue* emozioni sta funzionando.

"Va bene" dice, cedendo come speravo. "Vieni con me." Lasciando la corda sulla sedia, mi prende per il braccio e mi porta in camera da letto.

"Ecco" dice, porgendomi una T-shirt. "Puoi indossare questa per ora."

Cercando di nascondere il mio estatico sollievo, accetto il capo di abbigliamento e lo infilo dalla testa, notando il calore nello sguardo di Lucas nel vedermi farlo. È una maglietta da uomo—la *sua* maglietta—ed è sufficiente a coprirmi fino a metà coscia.

"Va bene, andiamo" dice, quando l'ho indossata, e mi riporta alla sedia. Mentre mi lega, guardo le sue grandi mani scurite dal sole che mi legano la corda intorno alle caviglie, e mi chiedo se senta lo stesso formicolio che sento io. È folle che lo desideri ancora, ma questo potrebbe anche aiutarmi a fuggire.

Potrebbe aiutarmi a estendere questa nuova e più amichevole dinamica tra noi.

Quando ha finito di legarmi, Lucas si alza e dice: "Ho alcune cose da finire. Tornerò tra qualche ora."

"Va bene, certo" dico, senza lasciar trapelare emozioni.

Indugiando su di me, Lucas si allontana, e lascio che un sorriso di sollievo appaia sul mio viso.

---

Dopo un po', il mio esuberante impulso svanisce, sostituito da una combinazione di noia e disagio. La sedia è dura sotto il mio sedere, e le corde mi graffiano la pelle ogni volta che cerco di cambiare posizione. I minuti cominciano ad allungarsi, passando in modo lento e monotono. Continuo a guardare la finestra, aspettando che la misteriosa ragazza faccia il suo ritorno, ma non torna. C'è solo una lucertola che di tanto in tanto corre sul vetro della finestra.

Sospirando, guardo giù e medito sull'altra informazione che mi ha dato speranza. Se Lucas non ha mentito, il mio visitatore con i capelli scuri non è la sua ragazza.

Anzi, non ce l'ha proprio la ragazza.

Questa consapevolezza è un balsamo per i miei laceri sentimenti. Non so perché mi importi, se Lucas sia single, sposato, o frequenti una dozzina di donne, ma il fatto che non tradisca quella ragazza con me mi fa sentire meglio dopo quanto è successo la notte scorsa. Non ho fatto del male a un'altra donna. Qualunque cosa stia succedendo tra me e Lucas riguarda solo noi due. Nessun altro ne sarà ferito.

Certo, devo tenere presente la possibilità che abbia mentito, che tutto questo faccia parte della sua tecnica di interrogatorio, ma sono propensa a credergli. Non ci sono segni della presenza di una donna nella sua casa: nessuna foto o cornice, nessun asciugacapelli o prodotti femminili nel bagno.

Questo posto è la dimora di uno scapolo, a partire dal frigorifero quasi vuoto, e se non fossi stata così terrorizzata ed esausta ieri, avrei notato questo fatto così ovvio.

Sbadigliando, guardo di nuovo la finestra. C'è un'altra lucertola. La guardo e mi chiedo come ci si senta lì fuori, nella giungla al di là di queste mura. Muoio dalla voglia di essere là fuori, di sentire il calore del sole sulla mia pelle e il canto degli uccelli. Il piccolo assaggio di ieri non è stato sufficiente.

Voglio stare fuori.

Voglio essere libera.

*Presto* lo sarò, prometto a me stessa, spostandomi sulla sedia dura. Ora capisco a quale gioco sta giocando Lucas, e posso stare al suo gioco. Sarò la sua bambola sessuale per tutto il tempo che vorrà, e mi mostrerò debole e aperta. Gli rivelerò tutto, tranne le informazioni che cerca, e gli lascerò credere che mi sta estorcendo dei segreti, che il suo morbido interrogatorio sta funzionando. In questo modo, non ricorrerà a metodi più duri per un po', e io sfrutterò questo tempo per elaborare un vero e proprio piano di fuga, qualcosa di più promettente di una disperata aggressione con uno spazzolino da denti spezzato.

Mi impegnerò anche per costruire un legame con Lucas.

Sindrome di Lima. È così che viene definito il fenomeno psicologico in cui il rapitore prova compassione per il prigioniero, al punto tale da lasciarlo andare. Ho studiato questo fenomeno durante l'addestramento, in quanto c'era un'alta probabilità che un giorno sarei stata catturata. La sindrome di Lima non è così comune come il suo esatto contrario, la sindrome di Stoccolma, in cui il prigioniero si innamora del proprio rapitore, ma può verificarsi. Non sono così sciocca da credere che convincerò Lucas a lasciarmi andare, ma è probabile che io riesca a fargli abbassare la guardia e a fargli fare piccole cose che faciliterebbero la mia fuga.

Come l'avermi concesso di indossare abiti.

Sbadigliando ancora una volta, vedo un'altra lucertola attraversare la finestra, e immagino di essere piccola e verde. Abbastanza piccola da sgattaiolare via dalle catene e da strisciare attraverso le prese d'aria. Se riuscissi a farlo, sarei la spia migliore del mondo.

È un pensiero stupido, ma mi conforta, distogliendo la mente da quello che mi aspetterebbe se il piano fallisse. Le mie palpebre si fanno pesanti e non oppongo resistenza. Quando mi addormento, sogno piccole lucertole verdi e il mio fratellino, che ride e le insegue in un parco giochi.

È il sogno più lieto che abbia fatto negli ultimi anni.

---

"Yulia."

Mi sveglio immediatamente, con il cuore che mi martella nel petto, e alzo lo sguardo.

Lucas è tornato—e non è solo. Accanto al mio rapitore, c'è un uomo basso e calvo davanti a me, con gli occhi castani che mi guardano con distaccata curiosità. Indossa dei vestiti informali, ma la borsa che tiene in mano sembra essere quella di un medico.

Mi si contorce lo stomaco. Mi sbagliavo sul fatto che Lucas avrebbe aspettato ad utilizzare metodi più duri.

Prima che io possa entrare nel panico, l'uomo basso mi sorride. "Ciao" dice. "Sono il Dottor Goldberg. Se non ti dispiace, vorrei visitarti."

*Visitarmi?*

"Per assicurarmi che non sei ferita" spiega il medico, notando la mia espressione confusa. "Se non hai qualcosa in contrario, voglio dire."

Va bene. Faccio un respiro profondo, calmandomi. "Certo. Nessun problema." Sono legata a una sedia e non indosso altro che la maglietta di Lucas, e quest'uomo mi chiede se ho qualcosa in contrario a un controllo medico? Che cosa avrebbe fatto se gli avessi detto di essere contraria? Si sarebbe scusato per il disturbo e se ne sarebbe andato?

Apparentemente ignaro del sarcasmo nella mia voce, il medico si rivolge a Lucas e dice: "Vorrei che la paziente venisse slegata, se possibile."

Lucas corruga la fronte, ma si inginocchia davanti a me e inizia a lavorare sulla corda intorno alle mie caviglie. Guardando il medico, dice laconicamente: "Rimarrò qui. È molto creativa con gli articoli per la casa."

"Ma—"

Vedendo lo sguardo duro di Lucas, il medico tace. Lucas finisce di slegarmi le caviglie e gira intorno a me per slegarmi le mani. Muovo i piedi in modo discreto, ripristinando la circolazione, e ripenso con nostalgia al bagno.

Non so da quanto tempo io sia legata, ma la mia vescica è convinta che lo sia da sempre.

"Devo fare pipì" dico a Lucas, pensando di non rimetterci niente ad essere sincera. "Posso andare al bagno prima della visita?"

La fronte di Lucas si corruga ancora di più, ma annuisce. "Andiamo" dice, dopo aver finito con la corda. Afferrandomi per il braccio, mi tira su, con la stessa presa dura che aveva avuto al mio arrivo. Sorpresa, per poco non inciampo, mentre mi trascina lungo il corridoio, con la dolcezza di questa mattina ormai scomparsa.

La mia ansia riaffiora. Mi sono sbagliata su di lui o è successo qualcosa? Questa visita c'entra qualcosa?

Prima che io possa riflettere sul comportamento allarmante del mio rapitore, mi spinge nel bagno e dice con durezza: "Hai un minuto e non un secondo di più."

E con questo, chiude la porta, sbattendola.

# lucas

Quando riporto Yulia nel soggiorno, Goldberg la fa stare in piedi, mentre le controlla il battito e ascolta il suo respiro con uno stetoscopio. "Bene, bene" mormora tra sé e sé, annotando qualcosa sul suo taccuino.

Si china per esaminare un grande livido sul ginocchio di Yulia, e lei mi rivolge un'ansiosa occhiata. Vedo che vuole risposte, ma non le fornisco alcuna rassicurazione.

Non voglio che il medico sappia quanto mi sia addolcito con la mia prigioniera.

Un minuto dopo, Goldberg si ferma e sorride a Yulia. "Solo qualche graffio e pochi lividi" dice allegramente. "Sei sottopeso e un po' malnutrita, ma qualche buon pasto dovrebbe sistemare le cose. Ora, vorrei prelevarti un po' di sangue, se non ti dispiace. Siediti pure."

Indica il divano, e Yulia mi lancia un'altra occhiata.

"Siediti" ringhio, facendo del mio meglio per ignorare lo sguardo triste che appare sul suo viso quando obbedisce.

Goldberg infila un paio di guanti in lattice e tira fuori una siringa con una fiala. "Non ti farò male" promette. Mi chiedo se stia cercando di compensare le mie maniere dure. Di solito non è così gentile con le guardie— anche se, devo ammettere, nessuna di loro ha la fragile bellezza di Yulia.

Non batte ciglio, né fa un fiato, quando l'ago affonda nella sua pelle, con un'espressione di stoica sopportazione. Io, invece, devo combattere l'irrazionale impulso di strappare Goldberg da lei.

Detesto vedere qualcuno farle del male, anche se si tratta del medico che ho portato qui io stesso.

"Fatto" dice Goldberg, togliendo l'ago e premendo un piccolo tampone sterile sulla ferita. "Lo porterò al mio laboratorio per farlo analizzare. Un'ultima cosa. . ." Mi rivolge uno sguardo eloquente, al quale rispondo scuotendo bruscamente la testa.

Non lo lascerò da solo con Yulia; dovrà visitarla con me presente.

Goldberg sospira e rivolge nuovamente l'attenzione su di lei. "Devo eseguire una visita ginecologica" dice con tono di scusa. "Per assicurarmi che stai bene."

"Che cosa?" Yulia sgrana gli occhi. "Perché?"

"Fallo e basta." Indurisco la mia voce più che mai. Non confesserò che sono preoccupato per averle fatto male la notte scorsa con la mia brutalità. Era bagnata, ma questo non significa che io non l'abbia lacerata o graffiata internamente.

Arrossisce mentre si sdraia sul divano, obbedendo alle istruzioni di Goldberg. Quando il dottore le tira su la maglietta e prende uno speculum, mi sforzo di stare calmo, invece di aggredire l'uomo che la sta toccando. Goldberg è gay, ma vedere le sue mani su di lei risveglia comunque qualcosa di selvaggio dentro di me— qualcosa che mi fa venir voglia di uccidere qualsiasi uomo tocchi ciò che mi appartiene.

L'esame dura meno di un minuto. Guardo Yulia attentamente per assicurarmi che non si scagli contro il medico, ma rimane sdraiata lì, con le ginocchia piegate e gli occhi fissi sul soffitto. Solo le mani tradiscono la sua agitazione; sono strette a pugno lungo i suoi fianchi.

Quando Goldberg ha finito, tira giù con cautela la maglietta di Yulia e fa un passo indietro. "Fatto" dice, rivolgendosi a entrambi. "Sembra tutto a posto. Anche la spirale è a posto, quindi non hai niente di cui preoccuparti."

*Spirale*? Alzo le sopracciglia, ma il medico continua a spiegare: "Un contraccettivo intrauterino. Per il controllo delle nascite."

"Capisco." Rivolgo a Yulia un'occhiata interrogativa. Se è protetta e il medico si è accertato che è tutto a posto, potrei scoparla senza profilattico.

Il mio cazzo si contrae dall'istantanea eccitazione.

Si alza dal divano, guardando davanti a sé, e vedo che le sue guance sono ancora arrossate. Vorrei abbracciarla e assicurarle che va tutto bene, che non ho fatto questo per umiliarla, ma non è il momento giusto.

Per quanto ne sa il medico, lei è una prigioniera che disprezzo, e devo trattarla come tale.

Dopo aver ringraziato Goldberg, lo saluto e torno nel soggiorno, dove Yulia è ancora seduta sul divano. Il suo viso è tornato ad essere di porcellana, ma gli occhi continuano a luccicare. È arrabbiata—lo sento, anche se esteriormente sembra calma.

"Yulia." Man mano che mi avvicino, distoglie lo sguardo, facendo ondeggiare i capelli sulla schiena in una nuvola d'oro. "Yulia, vieni qui."

Non risponde, neanche quando mi allungo verso di lei e la tiro su, costringendola a stare in piedi e a guardarmi. Nemmeno mi guarda, con gli occhi concentrati su qualcosa appena oltre il mio orecchio destro.

Incupito, le stringo la mascella, girandole il viso, in modo che non abbia altra scelta se non quella di incontrare il mio sguardo. "Avevo bisogno di assicurarmi che stessi bene" dico con durezza. Mi dà ancora un po' fastidio che provi questo per lei, che voglia guarirla e tenerla al sicuro, invece di farle del male. È una debolezza, questa mia ossessione, e non posso impedire alla rabbia di insinuarsi nella mia voce, quando dico: "Avresti potuto avere delle lesioni interne."

Socchiude gli occhi. "Cazzate. Volevi solo assicurarti di non aver bisogno di mettere il preservativo."

La sua accusa è così vicina al mio pensiero precedente che mi chiedo per un secondo se io non l'abbia detto ad alta voce.

Qualcosa dev'essere apparso sul mio volto, perché Yulia si lascia sfuggire una risatina amara. "Sì, proprio così."

"Non è perché—" Mi fermo. Non le devo alcuna spiegazione. Se avessi voluto farla visitare in modo da poterla scopare senza preservativo, sarei stato liberissimo di farlo. Forse non voglio più torturarla, ma questo non significa che io abbia dimenticato quello che ha fatto. Si è messa in questa situazione con le sue azioni, e ora è mia.

Mi appartiene, nel bene o nel male.

"Sono sano come un pesce" dico, invece. Un uomo migliore senza dubbio la lascerebbe stare dopo quello che mi ha detto, ma io non sono quell'uomo. La desidero troppo per negarmi questo piacere. "Ho fatto tutte le analisi del sangue dopo l'incidente, e sono sanissimo."

Serra la mascella. "Complimenti."

Il sarcasmo nella sua voce mi fa digrignare i denti e mi eccita al tempo stesso. Tutto di questa ragazza è una contraddizione progettata per farmi impazzire. Obbediente ma ribelle, fragile ma forte. Un minuto prima voglio distruggerla, farle confessare che ha bisogno di me, e quello successivo voglio abbracciarla e assicurarmi che niente di brutto possa più sfiorarla.

L'unica cosa che non voglio è lasciarla andare.

"Lucas." Sembra nervosa quando la tiro a me. "Aspetta, io—"

La interrompo sfiorandole la bocca con la mia. Afferrandole la nuca con una mano, le avvolgo l'altro braccio intorno alla vita, tirandola a me. Mi si stringono le palle quando il mio cazzo duro spinge sul suo ventre piatto, e il mio desiderio sempre presente per lei diventa incontrollabile. Strofino la lingua sulle sue labbra, sentendo la loro morbidezza, e poi spingo nella sua bocca, invadendo le sue profondità deliziosamente calde. Geme, in risposta, stringendomi i fianchi con le mani, e mi godo quel verso, sentendo il suo esile corpo che si rilassa e si fonde con il mio.

Cazzo, la voglio. Voglio ogni centimetro di lei, dalla testa ai piedi. È sbagliato, è ridicolo, è assurdo, ma non riesco a trattenermi. La fame brucia dentro di me, annullando ogni mio scrupolo. So di essere un bastardo per il fatto di continuare a costringerla dopo quello che ha passato, ma non riesco a starle lontano. Forse, se non mi volesse anche lei, sarebbe diverso, ma le cose non stanno così. Nonostante due strati di vestiti, sento i suoi capezzoli duri premuti sul mio petto e assaporo la dolcezza della sua reazione, quando piega la lingua con entusiasmo intorno alla mia. Non mi sta respingendo—semmai, sta cercando di avvicinarsi—e quell'irrazionale desiderio mi travolge, con il selvaggio dentro di me che assume il controllo.

Non so come finiamo sul divano, ma mi ritrovo appoggiato su un gomito e sopra di lei, con la sua maglietta arrotolata intorno alla vita, mentre faccio scivolare la mano libera lungo il suo corpo per toccarle il sesso. È già bagnata, con le pieghe lisce e calde, quando spingo due dita dentro di lei, distendendola per far entrare il cazzo. Allo stesso tempo, spingo il fondo del palmo della mia mano sulle sue pieghe, facendo pressione sul clitoride. Le sue pareti interne fremono intorno alle mie dita, mentre grida il mio nome, inarcando il collo e affondando le unghie nella mia schiena, e mi rendo conto che non posso più aspettare.

Togliendo le dita, tiro giù la lampo dei pantaloni per liberare la mia dolorante erezione, e spingo nel suo calore umido.

È come entrare in paradiso. Da qualche parte, negli angoli più oscuri della mia mente, sento risuonare un avvertimento, che mi ricorda del preservativo, ma ormai non posso più tornare indietro. La sua apertura è pura perfezione, così setosa e stretta che non riesco a smettere di spingere fino in fondo. Lei grida, inarcandosi sotto di me, e io abbasso la testa per baciarla, godendomi quel suono, mentre assaporo il suo gusto e il suo profumo, beandomi nel piacere sensoriale di possederla.

*Mia, è mia.* La soddisfazione che provo a quel pensiero è profonda e primordiale, e non ha nulla a che fare con la logica e la ragione. Ho scopato decine di donne, senza mai desiderarle davvero, ma questo è esattamente quello che voglio fare con lei. Scopare Yulia è qualcosa che va al di là del semplice sesso.

Voglio legarla a me, stringerla così forte che non riuscirà mai a lasciarmi.

Sollevando la testa, la guardo, con il cazzo palpitante dentro di lei. Ha gli occhi chiusi, le labbra socchiuse e gonfie per i miei baci, e la pelle brillante e calda.

È la cosa più sexy che abbia mai visto, ed è mia.

"Yulia."

Apre gli occhi, e mi rendo conto di aver detto il suo nome ad alta voce. Non mi sta guardando, ma ha le pupille dilatate quando finalmente si concentra su di me. Sembra stordita, sopraffatta dallo stesso bisogno che sta incenerendo le mie viscere, e quella vista calma il mio desiderio selvaggio, riempiendomi di una tenerezza particolare.

Abbassando la testa, prendo ancora una volta la sua bocca, ingoiando il suo gemito di desiderio, mentre comincio a spingere dentro e fuori, muovendomi lentamente in modo da poter sentire ogni centimetro del suo stretto calore. Non ho mai fatto sesso senza precauzioni prima d'ora, e le sensazioni sono incredibili. La sua figa è morbida e setosa, una liscia custodia che sembra essere stata realizzata apposta per me. Le sue pareti interne mi afferrano, abbracciandomi con morbida umidità, mentre scivolo dentro e fuori, e mi concentro sui leggeri indizi del suo respiro per valutare la sua reazione.

La primitiva ferocia possessiva che mi ha travolto prima è ancora lì, ma ora è frenata dalla necessità di soddisfarla, di farle provare almeno una frazione dell'estasi che mi dà. Continuando a spingere con un ritmo lento e costante, sposto la bocca dalle sue labbra al collo, e le mordo la tenera pelle. Allo stesso tempo, faccio scivolare la mano sotto la sua maglietta e le afferro delicatamente il seno.

"Lucas. Oh Dio, Lucas. . ." Il mio nome è una supplica senza fiato sulle sue labbra, quando gratto i denti sul suo collo e le prendo il capezzolo tra le dita, pizzicandolo leggermente. Si sta contorcendo dal bisogno ora, avvolgendomi la vita con le sue gambe magre per prendermi più in profondità, e afferrandomi i fianchi con le mani. La sento tremare, con il suo corpo avvinghiato come una molla, e accelero il ritmo, rendendomi conto che è vicina.

Quando raggiunge l'orgasmo, è come un terremoto che si riverbera in tutto il mio corpo. Si irrigidisce, inarcandosi sotto di me con un grido, e i suoi muscoli interni mi strizzano il cazzo, con quella pressione così forte da farmi raggiungere il culmine. Mi si stringono le palle, e quindi sento l'ondata di orgasmo che mi attraversa, con un piacere oscuro e intenso, sconvolgente nella sua pura potenza.

Gemendo, spingo più in profondità dentro di lei, e la stringo forte mentre il mio sperma esplode nelle sue frementi profondità.

9

# yulia

Respirando a fatica, mi sdraio sotto di Lucas, con il cuore che mi batte forte a seguito della devastazione che è il sesso con il mio rapitore.

Perché è sempre così con lui, con questo complicato uomo pericoloso che mi odia? Sono tutt'altro che inesperta. È vero che sono sopravvissuta al sesso più brutale, ma ho anche conosciuto le sue varianti più piacevoli. Il mio secondo obiettivo—Vladimir Vashkov, un quarantenne del collegamento FSB—si vantava di essere un buon amante, e mi ha fatto scoprire gli orgasmi veri, insegnandomi cosa fosse l'eccitazione e il piacere. Credevo di poter gestire qualsiasi cosa a letto, ma ovviamente mi sbagliavo.

Non riesco a gestire Lucas Kent.

Forse sarebbe stato meglio se mi avesse presa di nuovo duramente. La lussuria—una lussuria martellante, punitiva—è quello che mi aspettavo quando mi ha fatto portare qui. Ed è quello che mi ha riservato in un primo momento, baciandomi con forza, sfruttando la reazione del mio corpo per annullare le mie difese. Ero preparata a questo dopo l'ultima volta, ma non ero preparata alla sua dolcezza.

Non mi aspettavo che mi trattasse come se fossi importante.

"Yulia." Alza la testa, guardandomi, e le mie guance arrossiscono quando i nostri occhi si incontrano. Con la nebbia della lussuria che inizia a diradarsi, mi rendo conto che è ancora dentro di me—e che lo sto tenendo lì, con le gambe avvolte così strettamente intorno ai suoi fianchi da impedirgli di muoversi.

Arrossendo sempre di più, apro le caviglie e abbasso le gambe. Cambio anche la presa sui suoi fianchi per spingerlo via, per non restare stretta a lui. Non posso stare al gioco di Lucas in questo momento. È troppo reale.

Si china per baciarmi le labbra e poi si stacca attentamente da me. Mentre lo tira fuori, sento una calda umidità appiccicosa tra le cosce.

Il suo seme.

Mi ha scopata senza preservativo, dopo tutto.

Un'irrazionale amarezza mi travolge, scacciando via i residui del mio ardore post-coitale.

"Avresti dovuto aspettare le analisi del sangue" dico, tirandomi giù la maglietta, mentre Lucas si allontana e si alza in piedi, scendendo dal divano. Stringendo le gambe, gli rivolgo uno sguardo duro. "Sai, ho l'AIDS e la sifilide."

"Davvero?" Sembra più divertito che preoccupato, mentre rimette a posto il cazzo e si tira su i jeans. I suoi occhi brillano quando mi guarda. "Qualcos'altro? Forse la gonorrea?"

"No, solo l'herpes e la clamidia." Gli sorrido dolcemente, sistemandomi su un gomito. "Ma scoprirai tutto molto presto, quando ritirerai i risultati delle analisi. Ora, posso avere un asciugamano o un fazzoletto? Non vorrei sporcare il tuo bel tappeto."

Con mia grande delusione, non abbocca. Anzi, ride e scompare in cucina, solo per tornare un secondo dopo con un tovagliolo di carta. "Ecco qua" dice, consegnandomelo. Poi, mi guarda con malcelato interesse, quando mi siedo e rimuovo l'umidità sulle cosce, facendo del mio meglio per tenere la maglietta giù, mentre lo faccio.

"Ottimo lavoro" dice, quando ho finito. "Hai fame? Credo che sia giunto il momento della seconda colazione."

Sollevo le sopracciglia, più che frustrata per la sua eccessiva calma. Non so perché io abbia voglia di scherzare con il fuoco, ma è così. Detesto quello che mi ha fatto; la visita impersonale del medico è stata umiliante e disumana. E poi, quella ridicola scusa sulle possibili lesioni interne, come se non fossi in grado di leggergli dentro.

Come se non sapessi che sarò la sua bambola sessuale fin quando vorrà divertirsi con me.

"Non ho fame" dico, rendendomi subito conto che sto mentendo. Il mio corpo è alla disperata ricerca di calorie, dopo aver patito la fame per così tanto  tempo.  "Aspetta, no, in realtà—"

Prima che io possa finire la frase, sento un debole ronzio e vedo che Lucas si sta mettendo una mano in tasca. Tira fuori il telefono, lo guarda e impreca a bassa voce.

"Che c'è?" chiedo, ma mi ha già afferrato il braccio per tirarmi giù dal divano.

"Esguerra ha bisogno di me" dice, conducendomi in fondo al corridoio. "Va' al bagno se ne hai bisogno, e poi dovrò legarti di nuovo. Mangeremo al mio ritorno."

E così, torna ad essere il mio insensibile rapitore ancora una volta.

# lucas

Julian Esguerra è già nel suo ufficio, quando entro, con i monitor a schermo piatto sulla parete che mostrano le notizie provenienti da tutto il mondo. Prendo nota di quella della Bloomberg, per la quale uno stimabile economista prevede un altro crollo del mercato.

Potrebbe essere giunto il momento di parlare con il mio gestore degli investimenti.

Supero un grande tavolo ovale e mi avvicino all'ampia scrivania di Esguerra, piena di schermi di computer. Sta parlando al telefono, così mi fa cenno di accomodarmi su una delle sedie in pelle. Lo faccio e aspetto che finisca la sua conversazione. Visto che ha menzionato la sicurezza dei confini di Israele, suppongo che stia parlando con il suo contatto dell'agenzia dell'intelligence israeliana, il Mossad.

Un minuto dopo, Esguerra riaggancia e rivolge la sua attenzione a me. "Come sta andando l'interrogatorio?" chiede. "Qualche progresso finora?"

"Pochi" dico con un'alzata di spalle. "Niente di importante da segnalare ancora." Di solito non ho segreti col mio capo, ma non voglio parlare di Yulia con lui fin quando non avrò capito qual è il modo migliore per affrontare l'argomento. Tra tutti quelli nella tenuta, lui è l'unico ad avere il potere di portarmela via—il che significa che dovrò procedere con cautela.

Esguerra merita la sua reputazione di uomo duro.

"Bene." Sembra soddisfatto della mia risposta. "Ora, per quanto riguarda il motivo per cui ti volevo qui. . ."

"Un'urgente questione di sicurezza, hai detto."

"Sì." Si appoggia allo schienale, incastrando le mani dietro la testa. "Io e Nora faremo un viaggio negli Stati Uniti per visitare la sua famiglia. Devi assicurarti che—sia noi che loro—saremo al sicuro per tutta la durata del viaggio."

"Andrai a trovare i genitori di tua moglie? A Oak Lawn?" Sono convinto di aver capito male, ma annuisce.

"Trascorreremo lì due settimane" dice. "E voglio che la sicurezza sia massima."

"Va bene" dico. Sono abbastanza certo che Esguerra abbia perso la testa, ma non spetta a me dirgli di no. Se vuole entrare in un Paese in cui è tecnicamente ricercato dall'FBI e trascorrere due settimane con i genitori della ragazza che ha rapito, sposato e messo incinta sono affari suoi.

Il mio lavoro è quello di garantire che possa farlo in tutta sicurezza.

"Le nuove reclute sono già avanti con l'addestramento, quindi possiamo portare con noi i ragazzi più esperti" dico, pensando ad alta voce. "Due dozzine dovrebbero bastare."

"Va bene. Voglio anche veicoli blindati per tutti noi, e una buona scorta di munizioni."

Annuisco, pensando già alla logistica. Qualcuno potrebbe dire che Esguerra è paranoico—le auto antiproiettile non sono affatto necessarie nei sobborghi di Chicago—ma non lo biasimo per essere così prudente. Al-Quadar sarà anche stata schiacciata per ora, ma ci sono molte altre persone che non vedono l'ora di mettere le mani su di lui e sulla sua giovane moglie.

"Penserò a tutto io" dico, con il cuore che mi si stringe, pensando a ciò che significherà questo viaggio per me.

Per due intere settimane, sarò lontano dalla mia prigioniera.

"Quanto tempo pensi che ci vorrà per organizzare tutto?" chiede Esguerra. "Nora dovrebbe aver finito gli esami tra circa una settimana e mezzo."

"Due settimane, più o meno." Due settimane in cui avrò ancora Yulia. "Procurarmi le auto e tutte le armi richiederà un po' di tempo, soprattutto se non vogliamo mettere in allarme l'FBI o la CIA."

"Hai ragione. Dobbiamo fare molta attenzione." Sbloccando le mani da dietro la testa, Esguerra si china in avanti. "Va bene. Due settimane dovrebbero essere sufficienti. Grazie."

Piego la testa e mi alzo, in modo da poter uscire e cominciare a telefonare, ma prima che io possa allontanarmi, Esguerra dice: "Lucas, c'è un'altra cosa."

Mi fermo, accorgendomi dell'insolita nota nella sua voce. "Che c'è?"

"Non so se sei a conoscenza di questo, ma mia moglie e la sua amica hanno visto Yulia Tzakova a casa tua ieri mattina. Nora me l'ha accennato oggi."

"Che cosa?" Questa è l'ultima cosa che mi sarei aspettato dicesse. "Perché Nora e la sua amica—Aspetta, quale amica?"

"Rosa, la nostra domestica" afferma Esguerra. "Sono diventate molto amiche negli ultimi mesi. Non ho idea di cosa stessero facendo lì, ma devi assicurarti che la tua casa sia sicura." Si ferma e mi rivolge uno sguardo truce. "Non voglio che Nora sia esposta a qualcosa di inquietante nella sua condizione. Chiaro?"

"Certo." Cerco di sembrare calmo. "Terrò d'occhio eventuali visitatori, te lo prometto."

E la prossima volta che vedo la domestica di Esguerra, parlerò un po' con lei.

11

*yulia*

"Ehi."

Qualcuno che bussa alla finestra attira la mia attenzione. Sorpresa, alzo lo sguardo e vedo la giovane donna con i capelli scuri di prima—quella che credevo fosse la ragazza di Lucas.

"Ehi" ripete lei, premendo il naso sulla finestra. "Come ti chiami?"

"Sono Yulia" dico, pensando di non avere niente da perdere parlando con la ragazza. Se non altro, non sono nuda questa volta. "Tu chi sei?"

"Yulia" ripete, come se volesse memorizzare il mio nome. "Sei la spia che ha causato l'incidente aereo." Lo dice come se fosse un'affermazione, non una domanda.

La guardo in silenzio, senza far trapelare i miei pensieri. Non ho idea di chi sia o di cosa voglia da me, e non dirò niente che potrebbe mettermi nei guai.

Annuisce, come se fosse soddisfatta della mia non-risposta. "Perché Lucas ti ha portata qui?"

Invece di rispondere, dico: "Chi sei? Che cosa vuoi?"

Mi aspetto che non risponda nemmeno a queste domande, ma dice: "Mi chiamo Rosa. Lavoro nella casa principale."

Il suo nome mi sembra familiare. Sollevo le sopracciglia, ricordando una cosa. Lucas ha parlato di una Rosa questa mattina. Dev'essere quella che ha dato a Lucas quella pentola con la minestra.

"Che cosa vuoi?" chiedo, studiando la ragazza.

"Non lo so" dice, sorprendendomi. "Volevo solo vederti, credo."

Sbatto le palpebre. "Perché?"

"Perché hai ucciso tutte quelle guardie e hai quasi ucciso Lucas e Julian." La sua espressione non cambia, ma sento la durezza nella sua voce. "E perché, per qualche ragione, Lucas ti tiene in casa sua, invece di tenerti appesa nel capannone, dove portano i traditori come te."

Quindi, faccio bene a essere prudente. La ragazza mi odia per quello che è successo—e forse prova qualcosa per Lucas. "Ti piace?" chiedo, optando per la sincerità. "È per questo che sei qui?"

Arrossisce vistosamente. "Non sono affari tuoi."

"Sei qui per spiarmi, cosa che in realtà sarebbe il mio lavoro" le faccio notare, divertita. La ragazza sembra solo un po' più giovane di me, ma è così ingenua che è come se ci separassero decenni, invece di anni.

Rosa mi fissa, con i suoi occhi castani socchiusi. "Sì, hai ragione" dice un attimo dopo. "Non dovrei essere qui." Girandosi in fretta, scompare dalla mia vista.

"Rosa, aspetta" grido, ma è già andata via.

———

Passano almeno due ore prima del ritorno di Lucas, e il mio stomaco è dolorosamente vuoto quando arriva. Secondo l'orologio sulla parete, è l'una di pomeriggio, quando la porta d'ingresso si apre—il che significa che ho fatto colazione con la minestra di Rosa quasi sette ore fa.

Nonostante la fame, un brivido di consapevolezza mi attraversa mentre Lucas si avvicina, camminando con l'atletica andatura dinoccolata di un guerriero. Come ieri, indossa un paio di jeans e una maglietta senza maniche, e il suo corpo sembra incredibilmente forte, con i muscoli ben definiti che si flettono a ogni movimento. Mi torna in mente un antico eroe slavo—anche se il paragone con un razziatore vichingo forse sarebbe più calzante.

"Fammi indovinare" dice, inginocchiandosi davanti a me. I suoi occhi grigio-azzurri mi fissano. "Stai morendo di fame."

"Potrei mangiare" dico, mentre mi scioglie le caviglie. Potrei anche avere una fonte di intrattenimento che non includa l'osservazione delle lucertole, e una sedia più comoda, ma non mi lamenterò di queste cose di minore importanza. Dopo il periodo trascorso nella prigione russa, la mia attuale sistemazione sembra di lusso.

Lucas ridacchia, alzandosi in piedi, e gira intorno per liberarmi le braccia. "Sì, scommetto che potresti." Le sue grandi mani sono calde sulla mia pelle, mentre slega i nodi. "Sento il tuo stomaco che brontola da qui."

"Lo fa quando non mangio" dico, con un inspiegabile sorriso che mi fa piegare le labbra. Cerco di trattenerlo, ma non ci riesco, con gli angoli della bocca che si inclinano inesorabilmente verso l'alto.

È strano. Non posso essere davvero felice di rivederlo, o sì?

È perché mi darà qualcosa da mangiare, mi dico, riuscendo a togliermi il sorriso dalla faccia, non appena Lucas rimuove la corda e mi fa alzare in piedi. È perché sto inconsciamente associando il suo ritorno con cose positive: cibo, bagno, essere slegata. Perfino con gli orgasmi, per quanto possano essere sconvolgenti.

È solo il secondo giorno qui, ma il mio corpo sta già cominciando a considerare il mio rapitore come una fonte di piacere, proprio come i cani di Pavlov avevano imparato a sbavare al suono di un campanello. So che un giorno Lucas potrebbe farmi del male, ma il fatto che finora non l'abbia fatto ha lenito la paura che mi incuteva.

Non ha senso essere terrorizzati, se la tortura e la morte non sono imminenti.

"Vieni" dice Lucas, con dita inflessibili intorno al mio polso, mentre mi conduce in cucina. "Abbiamo ancora un po' di minestra, e poi posso preparare un panino."

"Va bene" dico. Ho talmente fame che mangerei la carta da parati, quindi la monotonia di un pasto non è un problema. Eppure, quando ci fermiamo davanti al tavolo, non posso fare a meno di chiedergli: "Vuoi che provi a preparare qualcosa per cena? Io so *cucinare* per davvero."

Mi lascia andare il polso e mi guarda, piegando leggermente le labbra. "Oh, sì. Tu e i coltelli. Credo che funzionerebbe." Tira fuori una sedia per me. "Siediti, dolcezza. Preparerò quei panini."

*Dolcezza? Tesoro?* Devo davvero sforzarmi per non reagire, quando prende gli ingredienti per il panino e versa la minestra nei piatti. Non sono importanti, quei dolci vezzeggiativi, ma sono un monito, visto quello che è accaduto prima tra noi.

Visto il modo in cui mi ha presa nel momento di maggior debolezza e ha cercato di distruggermi.

Lucas si allontana, concentrandosi sulla minestra da mettere nel microonde, e faccio un respiro per calmarmi. Non vale la pena di agitarsi per questo. Per l'invasiva visita medica, sì, ma non certo per questo. Devo stare al gioco, comportarmi come se stessi cominciando a fidarmi di lui. In questo modo, quando mi aprirò, lentamente, la cosa sarà più credibile.

Il legame emotivo tra noi sembrerà reale.

"Allora" dice Lucas, mettendomi un piatto di minestra davanti: "Come mai parli l'inglese così bene? Non hai nemmeno l'accento." Si siede davanti a me, con i suoi occhi chiari che mi scrutano con impassibile curiosità.

E così, il delicato interrogatorio ha inizio.

Soffio sulla minestra per farla freddare, approfittandone per riordinare i pensieri. "I miei genitori volevano che imparassi l'inglese" dico, dopo averne inghiottito un cucchiaio. "Così, presi delle lezioni extra, oltre a quello che ci insegnavano a scuola. È facile non avere l'accento, se si impara una lingua da piccoli."

"I tuoi genitori?" Lucas solleva le sopracciglia. "Volevano prepararti a diventare una spia?"

"Una spia? No, certo che no." Ne prendo un'altra cucchiaiata, ignorando il dolore dei vecchi ricordi. "Volevano solo che avessi successo—che riuscissi a trovare lavoro in una società internazionale o qualcosa del genere."

"Ma non si sono opposti quando ti hanno reclutata?" Aggrotta la fronte.

"Erano morti ormai." Le parole mi escono più dure di quanto volessi, così spiego con un tono più calmo: "Morirono in un incidente stradale quando avevo dieci anni."

Sospira. "Cazzo, Yulia. Mi dispiace. Dev'essere stata dura."

*Gli dispiace?* Mi viene da ridere e vorrei dirgli che non può immaginare quanto lo sia stato, ma inghiottisco e abbasso lo sguardo, come se l'argomento mi addolorasse troppo. Ed è così—non sto recitando questa volta. Parlare della perdita dei miei genitori è come togliersi una crosta non rimarginata per me. Avrei potuto mentire, inventare una storia, ma non sarebbe stato altrettanto efficace. Voglio che Lucas mi veda in questo modo, reale e affranta. Deve credere di potermi distruggere facilmente, senza ricorrere alla violenza o alla tortura.

Deve credere che io sia debole.

"Sei—" Si allunga sotto il tavolo per toccarmi la mano, con le dita calde sulla mia pelle. "Yulia, sei figlia unica?"

Sempre guardando il tavolo, annuisco, lasciando che i capelli nascondano la mia espressione. Mio fratello è quella parte del mio passato che Lucas non deve conoscere. Misha è troppo collegato a Obenko e all'agenzia.

Ritira la mano, e mi rendo conto che mi crede. E perché non dovrebbe? Sono stata completamente sincera con lui, finora.

"Qualcuno dei tuoi parenti si è preso cura di te?" chiede subito dopo. "Nonni? Zie? Zii?"

"No." Alzo la testa per incontrare il suo sguardo. "I miei genitori non avevano fratelli, e mi hanno avuta quando avevano trentacinque anni—molto tardi per la loro generazione in Ucraina. Al momento dell'incidente, avevo solo un nonno che stava morendo di cancro, ecco tutto." Ancora una volta, è la verità.

Lucas mi studia, e vedo che conosce già la risposta a quello che sta per chiedere. "Sei finita in un orfanotrofio, non è vero?" chiede con calma.

"Sì. Sono finita in un orfanotrofio." Guardando verso il basso, mi sforzo di riprendere a mangiare. Mi si contorce lo stomaco, ma so che ho bisogno di cibo per riacquistare la forza.

Non mi chiede nient'altro, mentre finiamo la minestra, e gliene sono grata. Non mi aspettavo che questa parte sarebbe stata così difficile. Credevo di averlo superato dopo tutti questi anni, ma la sola menzione dell'orfanotrofio è sufficiente a far riaffiorare i ricordi, riportando in superficie le vecchie sensazioni di dolore e disperazione.

Dopo aver finito la minestra, Lucas si alza e lava i piatti. Poi versa due bicchieri d'acqua, prepara i panini e mi mette la porzione davanti.

"È lì che ti hanno reclutata? Nell'orfanotrofio?" chiede con calma, mettendosi a sedere, e io annuisco, senza guardarlo. Ci stiamo avvicinando troppo all'argomento di cui non posso discutere con lui, e lo sappiamo entrambi.

Lo sento sospirare. "Yulia." Alzo la testa per incontrare il suo sguardo. "E se ti dicessi che vorrei che il passato fosse passato?" chiede, con la sua voce profonda insolitamente dolce. "Che non voglio più fartela pagare per aver seguito gli ordini e che desidero solo trovare i veri responsabili—coloro che ti hanno dato quegli ordini?"

Lo fisso, assente, come se cercassi di metabolizzare le sue parole. Me lo aspettavo, naturalmente. È la mossa più logica. Prima, comprensione e affetto—in parte sinceri, forse—poi un'offerta di immunità, a patto che io tradisca i miei datori di lavoro. Portarmi a casa sua, lavarmi, darmi da mangiare—portava tutto a questo. Solo il sesso non faceva parte dell'equazione; l'intimità tra noi è troppo spontanea, troppo potente per essere una recita.

Mi ha scopata perché mi voleva, ma tutto il resto fa parte del gioco.

"Mi lascerai andare?" dico, sembrando giustamente incredula. Solo un perfetto idiota cadrebbe nella sua trappola della non-promessa, e spero che Lucas non mi consideri così stupida. Dovrà impegnarsi per ottenere la mia fiducia—e nel frattempo, io mi impegnerò per fargli abbassare la guardia.

Con mia grande sorpresa, Lucas scuote la testa. "Non posso farlo" dice. "Ma posso promettere di non farti del male."

Mi passo la lingua sulle labbra improvvisamente secche. Non è questo che mi aspettavo; la carota che penzola davanti ai prigionieri è sempre la libertà. "Che cosa stai dicendo esattamente?"

Sostiene il mio sguardo, e il battito del mio cuore accelera davanti al calore oscuro nei suoi occhi. "Sto dicendo che ti voglio e che, se mi parlerai dei tuoi compari, ti terrò al sicuro da loro—e da chiunque altro voglia farti del male."

Mi si contorcono le viscere per un inquietante mix di paura e desiderio. "Non capisco. Se non mi lascerai andare. . ."

Mi guarda in silenzio, lasciandomi trarre le conclusioni.

Le rapide pulsazioni mi martellano nelle orecchie, mentre prendo il bicchiere dell'acqua, notando con la coda dell'occhio che la mia mano non è del tutto stabile. Mando giù l'acqua, più per prendere tempo che per la sete. Poi, mi sforzo di mettere giù il bicchiere e guardo verso di lui.

"Mi stai offrendo protezione in cambio di sesso" dico, con voce tremante.

Lucas inclina la testa. "Sì, diciamo così."

"E il tuo capo?" Non mi sembra vero che la conversazione abbia preso questa piega. "Non vuole farmi a pezzi o qualunque altra cosa facciate di solito per far parlare la gente? Non è per questo che mi avete portata qui?"

"*Io* ti ho portata qui, non Esguerra."

Lo guardo a bocca aperta, ancora una volta presa alla sprovvista. "Che cosa?"

"Ti volevo." Lucas si china in avanti, appoggiando gli avambracci sul tavolo. "Abbiamo avuto quella notte, e non è stata sufficiente. È vero che volevo punirti per quello che era successo, ma soprattutto *ti* volevo." La sua voce si fa roca. "Ti volevo nel mio letto, sul pavimento, contro un muro, in tutti i modi."

"Mi hai portata qui per il sesso?" Questo va oltre ogni mia immaginazione. "Mi hai tirata fuori dalla prigione in modo che potessi *scoparmi*?"

Il suo sguardo si rabbuia. "Sì. Ho detto a me stesso di farlo per vendetta, ma in realtà volevo averti."

"Io—" Non riuscendo a stare ferma, mi alzo, con l'appetito che mi è passato. La mia voce è soffocata quando dico: "Ho bisogno di un minuto."

Con le gambe tremanti, mi avvicino alla finestra della cucina. Il sole fuori è luminoso sull'esotica vegetazione tropicale, ma non riesco a concentrarmi sulla bellezza naturale davanti a me. Sono troppo stordita dalle rivelazioni di Lucas.

Mi sta dicendo la verità o è solo un altro tentativo di mettermi fuori gioco e ottenere risposte? Una tecnica di interrogatorio sorprendentemente diversa, che sfrutta la nostra attrazione reciproca? Sono abituata a uomini che mi vogliono, ma questo è qualcosa di completamente diverso.

Ciò che Lucas sta dicendo indica un livello di ossessione che sarebbe spaventoso se fosse reale.

Mentre cerco di riflettere sulle sue rivelazioni, sento i suoi passi. Un attimo dopo, le sue grandi mani mi prendono per le spalle. È già eccitato; sento la sua erezione che spinge nel mio sedere, mentre mi tira sul suo corpo duro.

"Non ti farò del male, bellissima." Il suo respiro è caldo sulla mia guancia, quando abbassa la testa e mi sfiora la tempia con le labbra. "Sarai al sicuro qui, con me."

Un brivido di insidiosa eccitazione mi attraversa, con i capezzoli che si si induriscono sotto la maglietta. "Come?" sussurro, chiudendo gli occhi. Il suo torace è duro, con muscoli scolpiti sotto la mia schiena, e la sua forza è terribilmente seducente. È come se intercettasse i miei desideri più profondi—la mia brama di sicurezza nel suo abbraccio. "Come puoi promettermi questo, quando il tuo capo potrebbe uccidermi senza pensarci due volte?"

"Non ti toccherà." Le potenti braccia di Lucas si piegano intorno a me, paralizzanti e confortanti al tempo stesso. "Non glielo permetterò. Esguerra mi deve un favore, e quel favore sei tu."

"Lucas, è—" Poggio la testa sulla sua spalla, mentre mi strofina l'orecchio, con il rigonfiamento nei suoi jeans che spinge dentro di me con più insistenza. "È folle."

"Lo so." La sua voce è un duro ringhio nel mio orecchio. "Credi che non lo sappia, cazzo?" Lasciandomi andare, mi fa girare e mi afferra i fianchi, tirandomi di nuovo a sé. Sorpresa, apro gli occhi per vedere il selvaggio bisogno nei suoi lineamenti. Mi trascina a destra e mi spinge addosso al muro vicino alla finestra, bloccandomi con la parte inferiore del corpo. "Credi che non l'abbia ripetuto a me stesso un milione di volte?" Il suo cazzo spinge sul mio stomaco, fulminandomi con lo sguardo. Le sue pupille sono dilatate, e vedo una vena che pulsa sulla sua fronte.

Non sta recitando.

Neanche un po'.

Mi si ferma il respiro, con l'eccitazione che si mescola a una primitiva paura femminile. L'uomo davanti a me non sentirà ragioni—e il mio corpo potrebbe non volerle.

"Lucas." Combattendo l'attrazione dovuta alla vicinanza, infilo le mani tra noi e spingo i palmi sul suo petto. "Lucas, credo che dovremmo parlare—"

"Vuoi parlare di questo?" Agita i fianchi in un volgare movimento, con il suo cazzo che spinge nel mio basso ventre nonostante due strati di vestiti. La sua mano mi afferra la mascella, tenendomi il viso immobile mentre si avvicina, con le labbra a pochi centimetri dalle mie. Mi blocco, con il cuore che mi martella nel petto e, in quel momento, un veloce movimento cattura la mia attenzione.

Trasalendo, rivolgo un'occhiata alla finestra e vedo una massa di capelli scuri, che scompare un attimo dopo.

"Che c'è?" Il tono di Lucas è tagliente, quando si accorge della mia distrazione. Seguendo il mio sguardo, rivolge la sua attenzione alla finestra e si lascia sfuggire un'imprecazione, prima di lasciarmi andare e di fare un passo verso di essa.

Man mano che si avvicina al vetro, scivolo intorno a lui, mettendo il tavolo tra noi. Ho caldo, ma sono contenta della tregua. Ho bisogno di riflettere su quello che ha detto Lucas, e non posso farlo se mi incasina il cervello.

Il panino intatto sul tavolo attira la mia attenzione. Non ho più fame, ma lo prendo e lo mordo proprio mentre Lucas si gira verso di me, con le sue labbra che formano una sottile linea dura.

"Chi era?" chiedo, con le parole soffocate da un boccone di cibo. Ho bisogno di tempo, e questo è l'unico modo per prolungare la mia tregua. Masticando con determinazione, agito il panino davanti alla finestra. "È venuto a trovarti qualcuno?"

Flette i muscoli della mascella. "No. Non proprio." Lucas gira intorno al tavolo e si siede dall'altra parte, con lo sguardo penetrante. "Hai visto qualcuno là fuori. Chi era?"

Deglutisco, con il panino secco e insapore in bocca. "Non lo so. Ho visto solo i capelli di quella persona da dietro" dico sinceramente. Quello che non dico, però, è che ho un forte sospetto sull'identità del proprietario di quei capelli.

"Maschio? Femmina?" insiste Lucas. "Capelli lunghi? Corti?"

Do un altro morso al panino e mastico, mentre rimugino sulla domanda. "Una donna" dico, quando posso parlare di nuovo. Non mi crederebbe se fingessi di non aver notato una cosa talmente ovvia. "Capelli legati in uno chignon, e credo che indossasse un abito scuro."

Lucas annuisce, come se avessi confermato i suoi sospetti. "Va bene" dice, rilassandosi.

Poi, prende il suo panino e comincia a mangiarlo, guardandomi per tutto il tempo.

# 12

# Lucas

Finiamo il pasto in silenzio, con l'aria intorno al tavolo carica di tensione sessuale. Mentre guardo Yulia consumare le ultime briciole del suo pasto, il mio cazzo si contrae nei confini stretti dei jeans, palpitando dolorosamente.

Se Rosa non avesse scelto quello sfortunato momento per giocare a fare la stalker, sarei già dentro Yulia, a scoparla contro il muro.

Ho scioccato la mia prigioniera. Lo vedo nel rossore sulle sue guance e nel modo in cui distoglie lo sguardo. Mi ha creduto? Ha capito che ero sincero? La soluzione al dilemma su cosa fare con lei mi è venuta tornando a casa, e ho capito subito che quello era l'unico modo.

Farò esattamente quello che mi dice l'istinto e terrò Yulia con me.

Un tempo, una simile azione sarebbe stata inimmaginabile. Quando frequentavo le superiori, se qualcuno mi avesse detto che avrei tenuto una donna contro la sua volontà, avrei riso. Anche quando ero in Marina, molto tempo dopo aver capito di essere in grado di fare qualunque cosa richiedesse il lavoro senza un barlume di rimorso, ero ancora aggrappato alla morale della mia infanzia, cercando di resistere al richiamo del male dentro di me. Solo quando sono diventato un ricercato ho pienamente compreso la mia natura e la portata della mia volontà di varcare il confine che un tempo vedevo come sacro.

Tenere Yulia per me non è niente nel grande schema delle cose, ma è sicuramente meglio del destino che originariamente avevo pensato per lei.

"Quindi, come procederemo esattamente?" chiede, rompendo finalmente il silenzio. Mi fissa. "Mi terrai legata alla sedia tutto il giorno e ammanettata tutta la notte?"

Sorrido, con la trepidante attesa che mi ribolle nelle vene. "Solo se questo ti eccita, bellissima. In caso contrario, credo che potremmo trovare un accordo migliore." Sto già pensando agli impianti di localizzazione che Esguerra ha utilizzato su sua moglie. Potrei fare qualcosa del genere con Yulia, assicurandomi che almeno uno degli impianti sia inserito dove sarebbe quasi impossibile da rimuovere.

Prima, però, dovrò assicurarmi che l'agenzia per cui lavora venga eliminata; altrimenti, Yulia potrebbe sfruttare le loro risorse per scomparire, con o senza localizzatori.

"Mi slegherai?" Sgrana gli occhi, quando mi guarda. "E mi lascerai uscire?"

"Lo farò." Dopo aver distrutto l'agenzia e averle inserito i localizzatori, voglio dire. "Ma prima dovrai parlarmi dei tuoi datori di lavoro. Chi è il direttore del programma?"

Non mi risponde. Anzi, si alza in piedi e getta entrambi i piatti di plastica nel secchio della spazzatura in un angolo. La guardo, assicurandomi che non provi a fare qualcosa, ma butta semplicemente i piatti e torna al tavolo.

Fermandosi accanto alla sua sedia, mi guarda. "Come faccio a essere sicura che posso fidarmi di te? Non appena ti avrò detto quello che vuoi sapere, potresti uccidermi."

"Potrei, ma non lo farò." Mi alzo e mi avvicino al suo lato del tavolo. Fermandomi davanti a lei, passo le nocche sulla morbida pelle della sua guancia. "Ti desidero troppo per farlo."

Yulia arrossisce ancora di più. "E, quindi? Mi risparmierai perché mi vuoi scopare?" C'è incredulità mista a scherno nella mia voce. "Lasci sempre che sia il tuo cazzo a decidere chi vive e chi muore?"

Ridacchio, per niente offeso. "No, bellissima. Solo quando è così insistente."

In realtà, non ricordo di essere mai stato influenzato nella mia linea di condotta da una donna. Mi sono sempre piaciuti il sesso e la compagnia femminile, ma queste non sono mai state le forze dominanti nella mia vita. La mia ultima relazione a lungo termine—una storia di tre mesi in Venezuela—l'ho avuta prima che iniziassi a lavorare per Esguerra, e non penso a quella ragazza da anni. Le mie frequentazioni più recenti sono state più simili ai rapporti occasionali o, nella migliore delle ipotesi, a qualche giorno di divertimento casuale.

Yulia mi lancia un'occhiata dubbiosa, inarcando le sopracciglia, e non posso più aspettare. È mia, e farò quello che il mio corpo ha chiesto a gran voce nell'ultima ora.

"Andiamo" dico, chiudendo le dita intorno al suo esile braccio. "Credo che sia giunto il momento di avviare il nostro accordo."

———

È silenziosa quando la conduco in camera da letto, con le sue gambe lunghe che attirano la mia attenzione mentre camminiamo. Credo che dovrò comprarle dei vestiti quanto prima, ma per ora, mi piace vederla con la mia maglietta, nonostante sia troppo larga per il suo fisico magro.

So che, secondo gli standard morali della mia infanzia, quello che le sto facendo è sbagliato. È mia prigioniera, e questo non cambierà mai. La sto costringendo ad accettare un rapporto che forse non desidera, nonostante la sua reazione fisica e l'apparente volontà di accettare il mio tocco. Sarei tentato di discolpare le mie azioni dicendomi che il suo lavoro giustifica tale trattamento, ma so che non è così.

È stata costretta a condurre questa vita da circostanze al di fuori del suo controllo, e io sono un bastardo crudele ad approfittarmi di lei.

Quando tolgo la maglietta a Yulia, tirandogliela sopra la testa, mi aspetto che la coscienza torni a farmi la predica, ma tutto quello che sento è il potente desiderio che provo per lei. Le cose che ho fatto negli ultimi otto anni—le cose che ho dovuto fare per sopravvivere—hanno cancellato qualsiasi morale che la mia famiglia fosse riuscita a inculcarmi, strappando via lo strato di civiltà che era sempre stato in superficie. L'uomo che Yulia ha davanti ora non somiglia affatto al ragazzo che ha lasciato la sua casa di classe medio-alta sedici anni fa, e la mia coscienza resta sopita, quando lascia cadere la maglietta a terra e poso lo sguardo sul corpo nudo della mia prigioniera.

"Sdraiati" le dico, con voce carica di lussuria. "Ti voglio di schiena."

Lei esita, e mi chiedo se si opporrà, dopo tutto. Sarebbe inutile—anche nel pieno della sua forza, non ci sarebbe partita contro di me—ma non sarei così sicuro sul fatto che non proverebbe a fare qualcosa.

Con mio grande sollievo, non lo fa. Anzi, sale sul letto e si sdraia, guardandomi.

Mi avvicino a lei, con il cazzo ancora più gonfio. Anche se Yulia è ancora troppo magra, il suo corpo è assolutamente proporzionato, con la vita stretta, i fianchi femminili, e i seni rotondi. I suoi brillanti capelli dorati sembrano un'aureola sul cuscino, incorniciando un volto che sembra essere uscito da una rivista di moda. Con i suoi lineamenti fini, le ciglia folte e la pelle perfetta, è quasi troppo bella per essere scopata.

Quasi.

Eppure, tengo a freno il mio desiderio selvaggio. Non voglio farle del male. Ne ha avuto abbastanza, per mano mia e di altri. Al solo pensiero—al pensiero di altri uomini che la toccano—mi prende una furia assassina.

Se un uomo osasse sfiorare di nuovo Yulia, pagherebbe con la vita.

Salendo sul letto, passo il ginocchio sulle sue cosce e la prendo tra le braccia. Sono determinato a controllarmi questa volta, così mi tengo sollevato, carponi, senza toccarla. Il suo petto si alza e si abbassa ad ogni respiro, mentre mi guarda, e mi rendo conto che è nervosa.

Nervosa ed eccitata, a giudicare dai suoi capezzoli eretti e dalla pelle arrossata.

"Sei bellissima" mormoro, chino su uno di quei teneri capezzoli. Non si muove, ma sento la tensione nel suo corpo, quando premo la bocca sull'areola rosa. Il capezzolo si contrae ulteriormente al mio tocco, e chiudo le labbra intorno alla punta tesa, succhiandola delicatamente. Ansima, chiudendo le mani a pugno lungo i fianchi, e chiude gli occhi, inarcando la testa sul cuscino.

"Sì, assolutamente stupenda" sussurro, rivolgendo l'attenzione all'altro capezzolo. Sa di lei, di calda pelle femminile e pesche. Dopo averlo succhiato, soffio aria fredda sul bocciolo rigonfio e vengo ricompensato con un piccolo gemito.

Poi, mi sposto sul resto dei suoi seni, mordicchiando e succhiando la carne delicata, toccandola con nient'altro che la mia bocca. Il suo corpo è un banchetto sensuale, con ogni curva, fossette e cavità morbide come la seta, e il profumo inebriante. Nonostante la passione che infuria dentro di me, non posso fare a meno di indugiare sulla parte inferiore dei suoi seni, il suo petto, il suo ombelico. . . Spostandomi più in basso, assaggio la tenera carne sulla sua fessura, e poi spingo la lingua tra le pieghe della sua figa.

Grida, irrigidendosi, e sento le sue mani sulla mia testa, con le unghie che scavano nel mio cuoio capelluto, mentre trovo il suo clitoride e premo la lingua su di esso. È bagnata—sento la sua eccitazione—e quel sapore tipicamente femminile invia un'ondata di sangue dritto al mio cazzo. Le mie palle si stringono, schiacciandosi al mio corpo, e mi tremano le braccia dalla voglia di afferrarla e di spingere dentro di lei, di prenderla, visto che muoio dalla voglia di farlo dall'interruzione di prima in cucina.

"Lucas." Quella parola è un rantolo senza fiato, quando si contorce sotto di me, sollevando i fianchi in una silenziosa preghiera, mentre mi infila le unghie nei capelli. "Oh, Dio, Lucas. . ."

Respingendo spietatamente la voglia, mi concentro su di lei, usando la bocca per tenerla al limite, ma senza valicarlo. Levigo ogni centimetro della sua figa con la lingua, poi catturo le sue labbra con la bocca e succhio le tenere pieghe, sapendo che quel movimento le strizzerà il clitoride. Le sue grida si fanno più forti, le unghie più affilate nel mio cranio, e chiudo a pugno le mani nelle lenzuola per evitare di prenderla. Voglio prima soddisfarla, farle provare un po' del desiderio che mi consuma quando sto con lei.

"Lucas!" Sta urlando ora, con i talloni che scavano nel materasso ai miei lati, e mi rendo conto che non riuscirà a sopportare ancora a lungo. Facendo scivolare la mano tra le sue cosce, spingo due dita dentro di lei e le succhio il clitoride, allo stesso tempo.

Inarca la schiena mentre grida, e sento la stretta sulle mie dita, con la carne che si rilassa intorno a me dall'orgasmo. Aspetto abbastanza da sentire le sue contrazioni che cominciano a stabilizzarsi, e poi sposto il suo corpo verso l'alto. Sorreggendomi sui gomiti, le apro le gambe con le ginocchia e posiziono il mio cazzo sulla sua apertura.

"Yulia." Aspetto che apra gli occhi, con il suo sguardo ancora stordito e non concentrato, e poi cedo al mio disperato bisogno, entrando dentro di lei con una sola spinta profonda. Resta senza fiato, spostando le mani per afferrarmi i fianchi, e mi perdo. Una lussuria irrazionale mi assale, e comincio a martellare dentro di lei, prendendola duramente e velocemente.

Vagamente, mi rendo conto che ha le gambe piegate intorno ai miei fianchi, e che comincia a venirmi incontro spinta dopo spinta, ma ormai non posso rallentare. È bagnata, morbida e stretta intorno a me, con i suoi muscoli interni che mi spremono il cazzo, e la tensione che si accumula dentro di me è incontrollabile, vulcanica. Cresce e si intensifica, con il battito del cuore che mi ruggisce nelle orecchie, e quindi le sensazioni si placano, quando l'orgasmo mi colpisce con brutale intensità. Stringendola forte, gemo, mentre scarico il mio seme nel suo corpo con una serie di lunghi scatti sfiancanti.

Con mia grande sorpresa, grida di nuovo, e la sento stringersi intorno a me ancora una volta, con il corpo che raggiunge il secondo orgasmo. Il mio cazzo si contrae per i residui dell'orgasmo, e poi collasso di lato, facendola sdraiare sopra di me.

Non ho pensieri per la testa, tranne uno.

Non la lascerò mai andare.

13

———

*yulia*

"**M**i hai di nuovo scopata senza preservativo" dico, quando riesco a trovare il fiato per parlare. Sono sdraiata accanto a Lucas, con la testa appoggiata sulla sua spalla, in attesa che il mio galoppante battito cardiaco rallenti.

Il mio rapitore ridacchia, emettendo un rombo mascolino nel petto. "Oh, sì. Ho dimenticato che hai tutte quelle malattie. Beh, sarai felice di sapere che ho avuto i risultati delle analisi da Goldberg, e hai solo la pediculosi."

"Che cosa?" Inorridita, mi metto a sedere, ma sta già ridendo, con profonde risate che gli sfuggono dalla gola, mentre si siede anche lui.

"Stronzo!" Furiosa, prendo un cuscino e glielo tiro, desiderando che ci fosse un mattone al suo interno. "Non è divertente!"

Ridendo a crepapelle, Lucas mi afferra e mi rimette sul materasso, rotolando sopra di me per tenermi ferma. Con sorprendente facilità, mi cattura i polsi, bloccandoli sopra la mia testa, mentre sottomette le mie gambe che scalciano contro le sue cosce forti. "In realtà" dice, sorridendo: "Credevo che fosse esilarante."

"Oh, davvero?" Non potendo liberarmi di Lucas, uso l'unica arma a mia disposizione. Sollevando la testa, affondo i denti nella giunzione muscolare tra la sua spalla e il collo.

"Ahi! Bestiaccia." Spostando i miei polsi nella sua mano sinistra, mi afferra i capelli con la destra, spingendomi la testa sul materasso. Con mio fastidio, sta ancora sorridendo, per niente turbato dal segno rosso che i miei denti hanno lasciato sulla sua pelle. "Non avresti dovuto farlo."

"Davvero?" Nonostante la mia posizione inerme, i vecchi ricordi sono sopiti, permettendomi di concentrarmi sulla rabbia. "E perché?"

"Perché"—abbassa la testa, avvicinando la bocca al mio orecchio—"mi hai fatto venir voglia di averti." E alzando la testa per incontrare il mio sguardo, agita il cazzo duro sulla mia coscia, senza lasciare alcun dubbio sul significato delle sue parole.

Incredula, lo fisso, vedendo la luce ormai familiare del calore nei suoi occhi gelidi. "Mi stai prendendo in giro? Di nuovo?"

"Sì, bellissima." Piega le labbra in un sorriso oscuro, mentre infila il ginocchio tra le mie cosce, allargandole. "Di nuovo."

Passa ben più di un'ora prima che io possa rifugiarmi nel bagno e riordinare i miei confusi pensieri. Il mio corpo è dolorante, logorato dagli orgasmi senza fine, e i residui del sesso sono evidenti sulle mie cosce. Dopo essermi presa cura dei bisogni più urgenti, apro la doccia per una veloce sciacquatina.

Prima che io possa cominciare, la porta si apre e Lucas entra dentro, ancora completamente nudo. "Ottima idea" dice, guardando l'acqua che scorre. "Entriamo."

Inorridita, guardo a bocca aperta il mio insaziabile carceriere. "Non è possibile."

Sorride, mostrando i denti bianchi. "È possibile, ma non lo farò. So che hai bisogno di una pausa. Vieni qui, tesoro." Afferrandomi il braccio, mi tira nel box doccia. "È solo una doccia, te lo prometto."

È fedele alla sua parola, insaponandomi con le sue grandi mani senza soffermarsi più di qualche istante sui miei seni e sul sesso. Nonostante questo, mi rendo conto di un lieve calore tra le cosce, mentre mi lava accuratamente, facendo scivolare le dita tra le mie pieghe, fino alla fessura del mio sedere. Scioccata, stringo le natiche, mentre preme la punta del dito in quel buco, e gli sfugge una risatina, lasciandomi andare, quando lo spingo via.

"Va bene, posso aspettare" dice, e mi giro, con lo stomaco in subbuglio davanti alla consapevolezza che è solo una questione di tempo prima che mi prenda anche in quel modo, a prescindere da ciò che ne penso.

Fortunatamente, Lucas finisce di lavarsi in fretta ed esce dalla cabina. "Esci quando hai fatto" dice, asciugandosi, e poi se ne va, lasciandomi sola sotto la doccia.

Esausta, crollo contro il muro, lasciando che l'acqua mi bagni il petto. I miei capezzoli sono dolorosamente sensibili, così come il mio sesso gonfio e dolorante. Prima di incontrare Lucas, non sapevo che il piacere potesse essere così sfiancante, che potesse lasciarmi senza forze, sia fisicamente che mentalmente. Non posso resistergli, e questo non ha nulla a che vedere con il fatto che è il mio rapitore.

Anche se fossi libera, non riuscirei mai a rifiutarlo.

*Protezione in cambio di sesso.* Quelle parole mi frullano per la testa, riempiendomi di un confuso mix di sdegno e desiderio. È possibile che volesse dire sul serio? Mi ha davvero portata dall'altra parte del mondo per essere il suo giocattolo erotico?

Sembra ridicolo—ma sento la forza del suo desiderio per me. Anche ora, il mio corpo brama la sua inarrestabile passione. Lucas lo farebbe davvero? Dimenticherebbe il passato e mi terrebbe con sé, se gli dicessi dell'agenzia? Quando stavo pensando di stabilire un legame con lui prima, speravo di guadagnare tempo senza soffrire e di provare a fuggire prima che mi uccidesse. Tuttavia, se quello che dice è vero, la mia prigionia non-così-terribile potrebbe continuare all'infinito—o almeno fin quando Esguerra non chiederà la mia testa su un piatto d'argento.

Nonostante quello che dice Lucas sui favori dovuti, non credo che il suo capo mi risparmierebbe per sempre. Prima o poi, Esguerra vorrà ciò che gli spetta, e a quel punto morirò. E anche se, per qualche miracolo, Lucas mi proteggesse per davvero, non durerebbe a lungo.

Mi getterà in pasto ai lupi non appena capirà che non ho intenzione di dargli le risposte che cerca.

Staccandomi dal muro, chiudo l'acqua ed esco dal box doccia. Asciugandomi, cerco di capire se questi ultimi eventi abbiano cambiato qualcosa dentro di me, ma decido che non è così.

Sono stata solo incredibilmente fortunata.

Avrò tempo per pianificare la mia fuga.

# 14

# Lucas

**Q**uando Yulia esce dal bagno, le do una maglietta pulita da indossare e la riporto nel soggiorno, con il corpo in festa per la profonda soddisfazione che solo il sesso con lei può dare.

"Ti piace guardare la TV?" chiedo, quando le lego le caviglie alla sedia. Non ricordo l'ultima volta che mi sono sentito così rilassato e felice. Presto, otterrò le risposte di cui ho bisogno, e potrò concederle più libertà.

Per ora, il minimo che posso fare è alleviare la sua probabile noia.

"TV?" Yulia mi rivolge uno sguardo smarrito. "Certo. A chi non piace?"

"Qualche preferenza? Varietà? Film? Canali di notizie?"

"Uhm, è indifferente, davvero."

"Va bene." Dopo aver finito con la corda, giro la sua sedia per farle guardare la televisione sulla parete opposta. "Che ne dici di *Modern Family*? È leggero e divertente. L'hai visto?"

"No." Mi fissa come se mi fossero cresciuti dei baffi verdi.

"Perfetto, allora." Sopprimendo un sorriso, accendo la TV e seleziono la prima stagione della serie che ho memorizzato. "Ho un po' di lavoro di cui occuparmi prima di cena, ma questo dovrebbe farti divertire."

"Certo" dice, sembrando così adorabilmente confusa che non posso trattenermi. Chinandomi, la bacio sulle labbra socchiuse, ingoiando il suo sussulto di sorpresa. Il delizioso calore della sua bocca mi fa contrarre il cazzo, e mi sforzo di alzarmi e fare un passo indietro, prima che mi lasci trasportare.

Per quanto possa sembrare incredibile, voglio di nuovo Yulia.

Respirando profondamente, mi giro, deciso a riprendere il controllo. "Ci vediamo presto" le dico voltandomi, ed esco di casa.

Per quanto mi piacerebbe passare tutto il giorno a scopare la mia prigioniera, ho del lavoro da svolgere.

---

Trascorro le prime due ore nell'ufficio di Esguerra, ad occuparmi dei dettagli logistici della sua protezione a Chicago con lui e le guardie che ho intenzione di portare con noi. C'è un sacco di coordinamento da organizzare, in quanto i genitori di Nora avranno bisogno di protezione supplementare sia durante che dopo la nostra visita, nel caso in cui alcuni dei soci d'affari di Esguerra decidessero che usare i suoi suoceri come esca sarebbe una buona idea. È poco probabile—sanno tutti che cos'è successo ad Al-Quadar quando hanno provato con sua moglie—ma è sempre bene essere prudenti.

La stupidità di alcune persone rasenta il suicidio.

Proprio quando stiamo per finire, la moglie di Esguerra entra. Spalanca i suoi occhi scuri quando ci vede tutti seduti lì. "Oh, scusate. Non volevo interrompervi—"

"Che cosa c'è, tesoro?" Esguerra si alza in piedi e si avvicina a lei, con le sopracciglia sollevate in un preoccupato cipiglio. "Va tutto bene? Come ti senti?"

Nora rivolge a me e alle guardie uno sguardo imbarazzato prima di spostare l'attenzione sul marito. "Sto bene. Va tutto bene" dice in fretta. "Volevo chiederti una cosa, ma posso aspettare."

"Sei sicura?" La voce di Esguerra si addolcisce, come accade spesso quando parla con la sua giovane moglie. "Posso venire fuori—"

"No, ti prego, non ce n'è bisogno. Davvero, non ha importanza." Alzandosi in punta di piedi, gli dà un rapido bacio sulla mascella. "Sto andando in piscina. Vieni a trovarmi quando hai finito."

"Va bene." Nora se ne va ed Esguerra la osserva, aggrottando la fronte. Vedo che vorrebbe seguirla, ma non vuole sembrare ancora più ossessionato da lei di quanto già sappiamo. Se fosse chiunque altro, le guardie lo prenderebbero in giro per settimane. Invece, manteniamo tutti la stessa espressione, quando il nostro capo ritorna al tavolo.

Non ci mettiamo molto a finire di organizzare la logistica di sicurezza. Quando abbiamo finito, le guardie tornano alle loro mansioni, ed Esguerra va a cercare sua moglie, lasciandomi da solo nel suo ufficio a controllare un paio di e-mail. Decido di sfruttare questa opportunità per videochiamare il nostro fornitore a Hong Kong e procurarmi i localizzatori per Yulia. Con mia grande delusione, il vecchio mi informa che non potrà procurarmeli prima di due settimane—proprio quando saremo a Chicago.

"Non c'è alcuna possibilità di averli prima?" chiedo, non gradendo l'idea di lasciare Yulia scoperta per tutto questo tempo, ma l'uomo scuote la testa.

"No, temo di no. Quelli che ha ricevuto il Signor Esguerra erano un prototipo, e dovremo produrre quelli per lei partendo da zero. Il rivestimento è così avanzato che dovrà essere fatto su misura—"

"Non importa. Ho capito." Dovrò mettere alcuni uomini fidati a sorvegliare la mia prigioniera durante l'assenza. "Grazie del suo tempo, Signor Chen."

Uscendo dalla videochiamata, mi alzo ed esco dall'ufficio di Esguerra.

C'è ancora una cosa di cui devo occuparmi oggi.

---

Ana, la governante di mezza età di Esguerra, mi apre la porta.

"Buongiorno, Señor Kent" dice nel suo inglese accentato. "Stai cercando il Señor Esguerra? È salito al piano di sopra per fare una doccia."

"No, non sto cercando lui." Sorrido alla donna più anziana di me. "Posso entrare?"

"Certo." Fa un passo indietro, e mi ritrovo in una grande sala lussuosa. "Nora è in piscina. Vuoi parlare con lei?"

"No." Mi fermo, guardandomi intorno prima di tornare a soffermarmi sulla governante. "Rosa è qui? Vorrei chiederle una cosa."

"Oh." Ana sembra spaventata, ma si riprende in fretta, dicendo: "Sì, è in cucina, ad aiutarmi con la cena. Vieni, da questa parte." Mi conduce attraverso una serie di doppie porte e superiamo una grande scala a chiocciola.

Quando entriamo in cucina, sono accolto dal delizioso odore di aglio arrostito. Rosa è accanto a un lavandino scintillante e ci dà le spalle, tagliando le verdure.

"Rosa." Ana chiama la ragazza. "C'è un visitatore."

La domestica si gira verso di noi, e vedo i suoi occhi scuri spalancarsi, mentre un rossore si diffonde su tutto il suo viso. "Lucas."

"Ciao, Rosa" dico, con disinvoltura. "Hai un minuto?"

Annuisce e si asciuga rapidamente le mani su un asciugamano. "Sì, certo." Un sorriso luminoso appare sulle sue labbra. "Cosa posso fare per te?"

Mi giro per guardare la governante, ma Ana sta già andando via, avendo correttamene dedotto che ho bisogno di privacy.

"Grazie della minestra" dico, cercando di andarci piano. "Era deliziosa."

"Oh, bene." Il suo sorriso si allarga. "Sono davvero contenta che ti sia piaciuta. È la ricetta di mia madre."

"Aspetta." Corrugo la fronte. "L'hai fatta tu, non Ana?"

Rosa avvampa visibilmente. "L'ho fatta io—mi dispiace averti mentito. È solo che—"

"Rosa" la interrompo, alzando la mano. Voglio risparmiare alla ragazza l'inutile imbarazzo. "Grazie. La minestra era deliziosa, ma preferirei che non me la portassi più, né che mi portassi qualsiasi altra cosa, va bene?"

È come se le avessi dato uno schiaffo in faccia. «C-certo» balbetta. «Mi dispiace, io—»

"E ho bisogno che tu stia lontano da casa mia" continuo, ignorando le lacrime negli occhi della ragazza. Preferirei affrontare una dozzina di terroristi che fare questo, ma devo andare dritto al punto. "Non è sicuro per te. La mia prigioniera è pericolosa."

"È solo—"

"Ascolta" dico, sentendomi come se fossi stato crudele con una bambina. "Sei una bella ragazza e sei molto dolce, ma sei troppo giovane per me.     Quanti anni hai? Diciotto, diciannove?"

Rosa alza il mento. "Ventuno."

"Già." Mi sorprende che abbia solo un anno in meno di Yulia, ma non ho mai considerato la spia ucraina troppo giovane per me. Tuttavia, continuo senza perdere tempo. "Io ho trentaquattro anni. Dovresti trovare qualcuno più vicino alla tua età. Un bravo ragazzo che ti apprezzi."

"Certo." Con mia grande sorpresa, la domestica si riprende, mostrando una sorprendente calma. Le sue lacrime si asciugano, e mi rivolge un bel sorriso, anche se un accenno di rossore le colora ancora le guance. "Non preoccuparti, Lucas. Non ti disturberò più."

Aggrotto la fronte, non sapendo se credere alla sua affermazione o meno, ma si sta già voltando, concentrando di nuovo la sua attenzione sulle verdure.

# La Violazione

15

*yulia*

Nel corso della settimana seguente, io e Lucas stabiliamo una inquieta routine. Fa sesso con me ogni volta che può—cioè, almeno un paio di volte durante la notte e una volta durante il giorno—e mangiamo sempre insieme in cucina. Trascorro il resto del tempo a guardare la TV mentre sono legata alla sedia o a dormire ammanettata al fianco di Lucas.

"Credi che potrei leggere qualcosa?" chiedo, dopo due giorni passati ad abbuffarmi di serie televisive. "Adoro i libri, e mi manca leggere."

"Che genere di libri?" Lucas sembra insolitamente interessato.

"Qualunque genere" rispondo con sincerità. "Romanzi, thriller, fantascienza, saggistica. Non sono schizzinosa—mi piace la sensazione di tenere un libro tra le mani."

"Va bene" dice, e il giorno dopo mi porta in una piccola stanza accanto alla camera da letto. Come il resto della sua casa, è poco arredata. Tuttavia, è molto più accogliente, con una scrivania, tre scaffali alti pieni di libri e una poltrona vicino a una vetrata che si affaccia sul bosco.

"È la tua biblioteca?" chiedo, sorpresa. Ho sempre pensato che il mio rapitore fosse più un soldato, maggiormente interessato alle pistole che ai libri. È più facile immaginare Lucas che impugna un machete piuttosto che a leggere tranquillo in questa stanza.

"Certo che è mia." Appoggiato allo stipite della porta, mi guarda, divertito. "Di chi altro potrebbe essere?"

"E li hai letti tutti?" Mi avvicino agli scaffali, studiando i titoli. Ci devono essere centinaia di libri lì, e molti sono gialli e thriller. Vedo anche una serie di biografie e di libri di saggistica che vanno dalla scienza popolare alla finanza.

"La maggior parte" risponde Lucas. "Tendo a ordinarli in blocco, in modo da avere sempre qualcosa di nuovo da leggere nei periodi di inattività."

"Capisco." Non so perché sono così scioccata di scoprire questo aspetto di lui. Ho sempre sospettato che Lucas fosse molto intelligente, ma in qualche modo mi sono lasciata prendere dallo stereotipo del duro mercenario, di un uomo la cui vita ruota intorno alle armi e ai combattimenti. Il fatto che sia passato direttamente dal liceo alla Marina ha solo dato ulteriore adito a questa impressione.

Ho sottovalutato il mio avversario, e devo fare attenzione a non ripetere l'errore.

Fermandomi davanti alla vetrata, mi giro per guardarlo. "Quando hai acquistato tutti questi libri?" chiedo. "Credevo che avessi trascorso alcuni anni in fuga dopo aver lasciato la Marina."

Lo sguardo di Lucas si indurisce per un secondo, ma poi annuisce. "Sì, è così. Continuo a dimenticare quanto ne sai sul mio conto." Attraversa la stanza e si ferma davanti a me. "Ho acquistato la maggior parte di questi libri l'anno scorso, quando Esguerra ha deciso che la nostra tenuta sarebbe diventata la nostra casa permanente. Prima di allora, viaggiavamo in tutto il mondo, così tenevo alcune dozzine dei miei preferiti in magazzino. E prima ancora, non possedevo molte cose—rendendomi più facili i movimenti."

"Ma questo non ti sta più bene" dico, studiandolo. "Vuoi possedere le tue cose, avere una casa."

Mi fissa, poi si lascia sfuggire una risata. "Credo di sì. Non l'ho mai vista in questo modo, ma sì, credo di essermi stancato di non dormire due volte nello stesso letto. E per quanto riguarda possedere le cose?" La sua voce si fa più profonda, mentre il suo sguardo mi penetra. "Sì, hai ragione. Mi piace possedere *cose* che posso chiamare mie."

Arrossisco quando distolgo lo sguardo, fingendo interesse per la veduta della baia fuori dalla vetrata. L'estrema possessività di Lucas non mi è sfuggita. So che il mio rapitore crede di possedermi, ed effettivamente, è così. Controlla ogni aspetto della mia vita: ciò che mangio, quando dormo, quello che indosso, perfino quando vado al bagno. Quando non sono legata, sto con lui, e per la maggior parte del tempo stiamo a letto, e mi fa tutto ciò che vuole.

Se non lo volessi così intensamente come lui vuole me, sarebbe un inferno.

"Yulia. . ." La voce di Lucas ha una nota familiare, quando fa un passo dietro di me. La sua grande mano mi prende i capelli e li sposta da una parte, esponendo il collo. Abbassandosi, mi bacia la parte inferiore dell'orecchio e fa scivolare la mano libera sotto la maglietta da uomo che indosso come un vestito. Scavando tra le mie gambe, trova il sesso, e non riesco a trattenere un gemito, quando mi penetra con due dita, spingendo per possedermi come se fossi sua.

E nell'ora successiva, mentre Lucas mi scopa chinata sul bracciolo della poltrona, i libri sono la cosa più lontana dalle nostre menti.

---

Dopo il tempo trascorso in biblioteca, la qualità e la varietà del mio divertimento migliorano. Invece di guardare la TV tutto il giorno, passo una parte del mio tempo a leggere da sola accanto alla vetrata che si affaccia sulla baia. Ottengo anche la concessione di una poltrona più confortevole e, avendo le mani ammanettate davanti, posso effettivamente tenere e leggere un libro. Ogni mattina, dopo la colazione, Lucas mi lega alla poltrona con le corde, lasciando alle mie mani ammanettate quel tanto che basta per girare le pagine, e rimango lì a leggere fino all'ora di pranzo, fin quando torna per farmi mangiare e farmi sgranchire le gambe.

"Sai, non sono un cane che fa i bisogni a determinati orari" ho il coraggio di lamentarmi, un giorno. "E se dovessi proprio andare al bagno, e tu non fossi in casa?"

Con mio grande sollievo, non sottolinea quanto io sia diventata viziata. Più tardi, quel giorno, mi dà un piccolo dispositivo che assomiglia a un vecchio cercapersone.

"Se premi questo tasto, riceverò un messaggio" spiega. "E se posso, verrò da te. Oppure manderò qualcun altro ad aiutarti."

"Grazie" dico, sentendomi sinceramente grata e sempre più speranzosa.

Forse un giorno mi lascerà andare davvero oppure mi concederà la libertà necessaria per permettermi la fuga.

Naturalmente, so che non posso contare su questo. Ogni giorno, Lucas trascorre una parte dei pasti a interrogarmi, e anche se finora me la sono cavata, temo che prima o poi perderà la pazienza e ricorrerà a metodi più infallibili per ottenere informazioni.

Non è passato molto tempo, e già sento la sua frustrazione crescere.

"Non devi loro un bel niente" dice furiosamente, quando mi rifiuto di parlare dell'agenzia per la quinta volta. "Ti hanno presa quando eri una bambina del cazzo. Quale razza di bastardi manderebbe una sedicenne in una città corrotta come Mosca e le direbbe di andare a letto con i pezzi grossi del governo per scoprire i loro segreti? Cazzo, Yulia"—sbatte il palmo della mano sul tavolo—"come puoi essere fedele a quei figli di puttana?"

In effetti, non lo so nemmeno io. Vorrei urlargli contro, dirgli che non capisce niente, ma resto in silenzio, guardando il piatto. Non c'è niente che io possa dire che non esporrebbe Misha al pericolo e non gli rovinerebbe la vita. Non sono fedele a Obenko, all'agenzia o all'Ucraina.

Sono fedele solo a mio fratello—l'unica famiglia che mi è rimasta.

Con mio grande sollievo, Lucas non risponde, e poi sposta l'argomento di discussione sulla trama del thriller post-apocalittico che ho letto quel giorno. Ne discutiamo nei dettagli, come facciamo spesso con libri e film, e concordiamo entrambi sul fatto che l'autore abbia fatto un buon lavoro nello spiegare il motivo per cui gli scienziati non sono riusciti a impedire al Gray Goo di conquistare il mondo. Il pasto si conclude con una nota amichevole, ma la mia determinazione a fuggire è più forte che mai.

Prima o poi, Lucas si stancherà del silenzio, e non voglio affatto essere con lui in quel momento.

# *yulia*

Mentre pianifico la mia fuga, mi rendo conto che dovrò affrontare tre grandi ostacoli: il fatto di essere legata quando Lucas non c'è, la sicurezza di livello militare della tenuta, e Lucas stesso. Uno qualunque di questi tre sarebbe sufficiente a farmi cambiare idea, ma quando tutti e tre sono combinati, la fuga è quasi impossibile.

In teoria, non sembrerebbe difficile. Quando Lucas è in casa, di solito mi tiene libera, lasciandomi mangiare al tavolo e permettendomi addirittura di esercitarmi per tenermi in forma. Tuttavia, mi tiene sempre d'occhio, e so che non uscirei vincitrice in un combattimento con lui. Anche se riuscissi a prendere un coltello, probabilmente riuscirebbe a togliermelo prima che potessi provocargli un danno grave. Con una pistola la questione sarebbe diversa, ma non ho visto niente di più letale di un coltello da cucina all'interno della casa. So che Lucas di solito porta le armi—l'ho visto con un fucile d'assalto il primo giorno—ma evidentemente le lascia in macchina o fuori, da qualche altra parte.

Contrariamente alle apparenze, sarebbe più facile fuggire quando lui non c'è.

Per questo, ogni volta che Lucas mi lega, controllo la corda per vedere se è allentata, e ogni volta scopro che non lo è. I nodi sono sempre abbastanza stretti da trattenermi senza bloccarmi la circolazione. Non voglio lasciarmi tradire dai segni sulla pelle, quindi evito di tirare troppo la corda.  Anche se riuscissi a liberarmi, dovrei pur sempre aggirare le torri di guardia e attraversare una giungla sorvegliata dagli uomini di Esguerra e dai droni altamente sofisticati—sempre che Lucas non mi riprenda prima di arrivare così lontano.

Per avere una possibilità, ho bisogno che il mio rapitore sia lontano, e devo conoscere gli orari delle pattuglie.

Comincio a cercare di ottenere queste informazioni da Lucas quando siamo a letto, rilassati e soddisfatti dopo una lunga sessione di sesso.

"Come te lo sei procurato?" chiedo, passando le dita su un livido del suo torace. "La tenuta non è stata attaccata, vero?"

La mia preoccupazione è solo parzialmente simulata; l'idea che Lucas possa farsi male mi preoccupa. Sembra invulnerabile, con ogni centimetro del suo corpo pieno di muscoli duri, ma so che quelli non lo salverebbero da una bomba o una pistola. Nel suo lavoro, l'aspettativa di vita è molto più bassa rispetto alla media—cosa che mi fa davvero angosciare quando ci penso.

"No, nessuno attaccherebbe la tenuta" dice Lucas, con un sorriso che gli fa piegare le labbra. "Mi sono procurato questo livido durante l'allenamento, tutto qui."

"Capisco." Agendo irrazionalmente, bacio la zona lesa prima di alzare gli occhi per incrociare il suo sguardo. "Perché nessuno attaccherebbe la tenuta? Il tuo capo non ha un sacco di nemici?"

"Oh, sì." Lo sguardo di Lucas si rabbuia, quando fa scivolare la mano tra i miei capelli e mi guida in basso, verso il suo stomaco. "Ma sarebbero dei suicidi se venissero qui. La sicurezza è molto alta. Comunque, ora"—mi spinge la testa verso la sua erezione nascente—"Voglio qualcos'altro."

Nascondendo la delusione, chiudo le labbra intorno al suo cazzo e applico la forte suzione che piace a lui.

Lucas è troppo intelligente per rivelarmi i dettagli sulla sicurezza di cui ho bisogno—il che significa che dovrò trovare un'altra soluzione.

---

Man mano che i giorni passano senza che riesca a immaginare un piano di fuga attuabile, mi consolo pensando che sto sfruttando questo tempo per riprendermi dal calvario della prigione russa e recuperare le forze. Stando seduta la maggior parte del giorno e ingoiando ogni boccone del cibo—a prescindere da quanto sia noioso—che Lucas mi mette davanti, sto costantemente mettendo su peso, con il mio corpo che sta recuperando le curve perse durante le settimane in cui sono quasi morta di fame. Da quando sto a casa di Lucas—nove giorni—non sono più uno scheletro, e sono alla disperata ricerca di qualcosa di diverso dai panini e i cereali freddi con il latte.

"Sai, dovresti davvero farmi provare a cucinare" dico, dopo l'ennesimo panino per il pranzo. "So preparare frittate, zuppe, pollo, agnello, patate lesse, insalata, riso, dolci—tutto quello che vuoi, davvero. Se non ti fidi a lasciarmi usare un coltello, puoi aiutarmi a tagliare le cose. Mi limiterò ad aggiungere il condimento e cose del genere. Sarai perfettamente al sicuro—a meno che non conservi veleno per topi in cucina."

Ride, il che mi fa pensare che ignorerà la mia offerta, ma quel pomeriggio, porta diverse scatole di cibo, compresi tutti i generi di frutta e verdura, due tipi di pesce fresco, diversi polli interi, una dozzina di costolette di agnello e un'intera collezione di spezie.

"Da dove viene tutta questa roba?" chiedo, osservando quel ben di Dio con stupore. C'è abbastanza cibo in quelle scatole da sfamare cinque persone—ammesso che qualcuno sappia come preparare il tutto, voglio dire.

"Esguerra riceve consegne settimanali, così ho preso un po' di cibo per noi" dice Lucas. "Credo che sia giunto il momento di mettere alla prova le tue abilità culinarie."

Non riesco a nascondere la mia sbigottita gioia. "Ti fidi a lasciarmi cucinare?"

"Mi fido a farmi guidare da te." Sorride. "Sarai seduta lì"—indica il tavolo della cucina—"e mi dirai esattamente cosa fare. Io seguirò i tuoi ordini, e chissà? Forse imparerò qualcosa."

"Va bene" concordo, più che emozionata all'idea di dare ordini a Lucas. "Lo farò. Cominciamo a mettere via

tutto, e stasera, prepareremo costolette di agnello con patate all'aglio e aneto e insalata verde."

# lucas

Mentre sbuccio le patate e sminuzzo l'aglio sotto la guida di Yulia, lei mi osserva dalla sedia della cucina, con i suoi occhi azzurri che brillano per il divertimento.

"Sai che non c'è bisogno di buttar via la metà della patata con la buccia, vero?" Sorridendo, guarda il mucchio di patate rovinate sul bancone. "Non l'hai mai fatto prima?"

"No" dico, facendo del mio meglio per non tagliare troppo in profondità il tubero che ho in mano. È più difficile di quanto sembri. "E ora capisco perché."

"Non ti hanno mai fatto sbucciare patate nella Marina?"

"No, quella è una cosa del passato. Avevamo appaltatori privati che gestivano le mense."

"Ho capito. Beh, ti serve un pelapatate" dice, incrociando le lunghe gambe. "Come con tutte le altre cose, un attrezzo specifico fa sempre comodo."

"Un pelapatate. Capito." Prendo un appunto mentale di ordinarne uno. Faccio anche del mio meglio per evitare di soffermarmi su quelle gambe nude che mi distraggono. Quattro giorni fa, ho finalmente comprato dei vestiti per Yulia, ma sono estivi e davvero attillati, e ora mi sto rendendo conto del mio errore.

Con quel top bianco e quei minuscoli pantaloncini di jeans, è impossibile ignorare il corpo non più affamato di Yulia.

"E va bene, basta patate, credo" dice, alzandosi. Le sue infradito—le uniche scarpe che le ho comprato— fanno rumore sul pavimento di piastrelle, mentre viene verso di me. "Ora dobbiamo prendere l'aglio, mescolarlo con aneto, sale e pepe, e mettere tutto in una padella. Hai l'olio, vero?"

"Olio. Fammi controllare." Prendo una bottiglia di olio di oliva da un armadietto alla mia sinistra. "Devo versarlo sulle patate?"

Poggia il fianco sul bordo del tavolo. "Stai scherzando, vero?"

Aggrotto la fronte, non apprezzando la presa in giro.

Scoppia a ridere. "Lucas, seriamente. Hai mai fritto qualcosa nella tua vita?"

"Nulla che fosse commestibile dopo averlo fatto" confesso a malincuore. "Forse ci ho provato una volta o due e ci ho rinunciato."

"Va bene." Yulia riesce a smettere di ridere abbastanza da spiegare: "Versa l'olio nella *padella*. No, non così tanto—" Mi toglie la bottiglia prima che io possa versare più di un quarto del suo contenuto. Ridendo istericamente, afferra un tovagliolo e lo immerge nell'olio, asciugando quello in eccesso. "Non friggeremo in olio abbondante quelle povere patate" spiega, quando è di nuovo in grado di parlare.

"Va bene" dico, guardandola, mentre prende le patate e l'aglio e mette tutto nella padella unta d'olio. I suoi movimenti sono rapidi e sicuri, muovendo le sue abili mani con grazia.

Non ha mentito quando ha detto di saper cucinare.

"Vorrei che avessimo l'aneto fresco" dice, afferrando una delle bottigliette nel portaspezie. "Ma penso che quello secco andrà bene lo stesso. La prossima volta, se ti piace questo piatto, credi che potresti prendere delle spezie e odori freschi?"

"Certo." *Spezie e odori freschi.* Faccio un'altra nota mentale. "Posso prendere qualsiasi cosa."

"Perfetto. Ora, se non ti dispiace, condirò io il tutto. Le patate non saranno buone se ci versi l'intera saliera sopra." Sembra che stia per ricominciare a ridere.

"Fai pure" dico, spostando dietro di me il coltello che ho usato per sbucciare le patate. "Questo pasticcio è tutto tuo."

E nella mezz'ora seguente, guardo Yulia darsi da fare in cucina, canticchiando sottovoce. Condisce e frigge le patate, bagna le costolette di agnello in una sorta di marinata e lava l'insalata. È carica di energia dall'emozione e, per la prima volta, mi rendo conto di quanto io abbia visto poco questo lato di lei—di quanto sia solitamente sottomessa in mia presenza.

Questo non mi sorprende, naturalmente. Anche se non le ho fatto del male, è mia prigioniera, e so che ancora non si fida di me. Per quanto io insista per ottenere risposte, o cambia argomento o si rifiuta di rispondere. Mi sento frustrato, ma mi sforzo di mantenere la pazienza.

Quando Yulia capirà che davvero non ho intenzione di farle del male, vedrà la luce e tradirà le persone che le hanno rovinato la vita. Per ora, tutto quello che posso fare è farla sentire a proprio agio, per quanto possibile—e legarla—fin quando non arriveranno i localizzatori che ho ordinato.

"Ecco fatto" dice, quando il campanello del forno suona. Sorridendo, si china per tirare fuori le costolette di agnello, e il mio cazzo si indurisce alla vista del suo sedere con quei pantaloncini corti.

Se l'agnello non avesse un profumo così delizioso, avrei trascinato subito Yulia a letto.

Ma visto come stanno le cose, mentre porta il piatto in tavola, devo fare dei respiri profondi per controllarmi. È ridicolo. Ho sempre avuto un forte appetito sessuale, ma con Yulia mi sento come un adolescente che guarda il suo primo porno. Vorrei sempre scoparla, e per quante volte la prenda, il desiderio non si attenua.

Anzi, si intensifica.

Ci vuole qualche altro respiro prima che la mia erezione scompaia abbastanza da permettermi di aiutare Yulia a preparare la tavola. A quel punto, ha già disposto l'insalata in un'insalatiera e la padella con le patate su un tovagliolo ben piegato al centro del tavolo. Credo che abbia fatto quest'ultima cosa per evitare che la padella calda bruciasse la superficie del tavolo—una soluzione intelligente che utilizzava anche la governante dei miei genitori.

Alla fine, ci sediamo entrambi e mangiamo.

"Yulia, è delizioso" dico, dopo aver trangugiato metà del mio piatto in meno di un minuto. "Il migliore che io abbia mangiato dopo tanto, tanto tempo."

Mi rivolge un sorriso felice e prende la sua costoletta d'agnello. "Mi fa piacere che ti piaccia."

"Piacermi? Mi fa impazzire." Non ricordo quando ho mangiato un pasto così soddisfacente per l'ultima volta. Le patate sono saporite e perfette con l'agnello e l'insalata verde. "Se potessi mangiarle tre volte al giorno, lo farei."

Il sorriso di Yulia si allarga. "Bene. Volevo preparare anche il dessert, ma ho pensato che saresti stato troppo sazio dopo questo. Mangeremo solo un po' d'uva, invece."

"Come vuoi" borbotto, con la bocca piena di patate. "Va benissimo."

Ride e scava nel suo cibo. Mangiamo in silenzio, e quando abbiamo ingerito la maggior parte del cibo, metto via gli avanzi e lavo i piatti. Lo faccio automaticamente, senza pensare, e solo quando mi siedo per mangiare l'uva mi rendo conto di quanto sono felice.

No, più che felice.

Sono estasiato, cazzo.

Tra il pasto, il sorriso luminoso di Yulia e l'attesa per il fatto che presto la porterò a letto, mi sto proprio godendo la serata. E non solo oggi, realizzo, prendendo una manciata d'uva.

Questa settimana, da quando ho deciso di tenere Yulia, è stata la più felice degli ultimi anni per me.

"Allora, Lucas" dice Yulia, prima che io possa riflettere su quella nuova consapevolezza: "Dimmi una cosa. . ." Le sue morbide labbra si contraggono per un sorriso mal represso. "Come hai fatto ad arrivare a questo punto della vita senza aver mai sbucciato una patata?"

Metto un chicco d'uva in bocca, riflettendo sulla sua domanda. "Credo di essere stato viziato" dico, dopo aver ingoiato l'uva. "Avevamo una governante, quindi nessuno dei miei genitori faceva le faccende, e non mi hanno mai spinto a farle. Poi, quando ero nella Marina, mangiavamo tutto quello che ci veniva servito, e poi. . ." Mi stringo nelle spalle, ricordando quei tristi giorni nella giungla con altri uomini fuorilegge e disperati come me. "Vedevo il cibo come sostentamento. Finché non mi veniva fame, non ci pensavo più di tanto."

"Ho capito." Mi guarda, pensierosa. "Cosa ti ha fatto decidere di andartene da casa? È un grande salto passare da una famiglia con una governante alla Marina."

"Credo di sì." I miei genitori avranno sicuramente pensato che fossi impazzito. "Mi è sembrata la cosa giusta da fare in quel momento della mia vita."

"Perché?" Yulia sembra sinceramente perplessa. "Non avevi un progetto negli Stati Uniti. Ti sentivi in dovere di difendere il tuo Paese?"

Ridacchio. "Qualcosa del genere." Non le dirò del delinquente che ho ucciso in quella stazione della metropolitana di Brooklyn o dell'insana emozione nel vedere il sangue scorrere sulle mie mani. Ha già paura di me; non ha bisogno di sapere che sono diventato un assassino a diciassette anni.

"È molto ammirevole" dice Yulia, e sento lo scetticismo nella sua voce. "Dev'essere stato un gran sacrificio."

"Sì, beh, qualcuno doveva pur farlo." Mordo un altro chicco, lasciando che il freddo succo dolce mi bagni la gola. Voglio che cambiamo argomento, così aggiungo: "Proprio come qualcuno doveva essere una spia, non è vero?"

Com'era prevedibile, si blocca, con il viso che assume l'espressione che vedo sempre quando mi avvicino a quell'argomento. "Vuoi un po' di tè?" chiede, alzandosi in piedi. "Ho visto che c'era un po' di Earl Gray in una di quelle scatole."

Mi appoggio allo schienale della sedia, guardandola. "Certo." Posso contare sulle dita di una mano il numero di volte che ho bevuto il tè, ma l'ho preso perché mi sono ricordato che Yulia l'aveva bevuto in quel ristorante di Mosca in cui ci siamo conosciuti. "Mi andrebbe una tazza."

Mette un po' d'acqua a bollire e prepara due tazze per noi, con i suoi movimenti aggraziati come sempre. Tutto in lei è aggraziato, e mi ricorda una ballerina.

"Hai mai studiato danza classica?" chiedo, con quel pensiero che mi frulla per la testa. "O è uno stereotipo sulle ragazze dell'Europa dell'Est?"

Yulia si gira verso di me con una tazza in ogni mano. "È uno stereotipo" dice, con la sua espressione tesa che svanisce. "Nel mio caso, però, è vero. I miei genitori mi hanno fatto prendere lezioni di danza da quando avevo quattro anni. Pensavano che mi avrebbero aiutato a superare la timidezza."

"Eri timida da piccola?"

"Molto." Torna al tavolo. "Non ero carina da piccola— nemmeno un po'. Gli altri bambini spesso mi prendevano in giro."

"Davvero? Non riesco a immaginarti che bellissima." Accetto la tazza che Yulia mi porge. "Come si fa a passare da una bambina non carina alla donna più sexy che io abbia mai visto?"

Vedo un caldo rossore sui suoi zigomi alti. "Non sono esattamente Elena di Troia." Si siede, cullando la sua tazza. "Mia madre era bella, però, quindi credo di aver ereditato alcuni dei suoi geni. Si sono sviluppati in seguito, dopo la pubertà. Oh, e anche l'apparecchio ha contribuito." Mi rivolge un ampio sorriso che mostra i suoi denti bianchi e dritti.

"Sì, non ne dubito" dico ironicamente. "Dalla bruttezza totale alla magnificenza totale, in un batter d'occhio."

Si stringe nelle spalle, arrossendo di nuovo, e ho un'improvvisa immagine mentale di lei da bambina timida.

"Scommetto che *eri* carina" dico, studiandola. "Con quei capelli biondi e gli occhioni azzurri. Solo che non te ne rendevi conto. È per questo che ti hanno portata via dall'orfanotrofio, non è vero? Perché hanno visto il tuo potenziale?"

Yulia si irrigidisce, e capisco di essermi nuovamente avvicinato troppo al soggetto proibito. Il mio umore si incupisce, mentre rifletto sul fatto che nel corso degli ultimi giorni, ho fatto zero progressi con lei. Mi sorride, cucina per me, e mi prende volentieri dentro di sé, ma ancora non si fida, nemmeno un po'.

"Yulia." Sposto il tè da una parte. "Sai che questo non può andare avanti per sempre, vero? Dovrai parlare con me un giorno."

Abbassa lo sguardo sulla tazza, col suo linguaggio del corpo che per poco non mi urla di fare marcia indietro.

"Yulia." Con la pazienza appesa a un filo, mi alzo e la faccio alzare in piedi. Tenendole le braccia, guardo nei suoi occhi ribelli. "Chi sono?"

Resta in silenzio, con le folte ciglia abbassate per nascondere i pensieri.

"Perché non vuoi dirmi di loro?"

Non risponde, con gli occhi concentrati su qualche parte del mio collo.

Stringo la presa sulle sue braccia, e lei indietreggia, irrigidendosi. Rendendomi conto che le sto inavvertitamente facendo male, mi sforzo di aprire le dita e lascio cadere le mani. Mi sto arrabbiando, e questo non va bene. Il fatto che io non voglia torturarla significa che devo guadagnarmi la sua fiducia per ottenere risposte, e non è questo il modo per farlo.

Facendo un respiro per riprendere il controllo, alzo la mano e le metto i capelli dietro l'orecchio, facendo attenzione a fare quel gesto in modo delicato e non minaccioso. "Yulia." Le accarezzo la guancia con il dorso delle dita. "Tesoro, non meritano la tua fedeltà. Ti hanno rovinato la vita. Quello che ti hanno fatto è sbagliato, non lo capisci? Te l'ho detto che ti proteggerò—da loro e da chiunque altro voglia farti del male. Non devi aver paura di parlare con me. Non ti volterò le spalle una volta aver ottenuto quelle informazioni—hai la mia parola su questo."

Sbatte le ciglia, mentre incontra il mio sguardo. "Allora, che cos'hai intenzione di fare se ti parlo di loro? Che cosa succederà all'agenzia?"

Sopprimo il mio sorrisetto compiaciuto. Sta per cedere. "Ci occuperemo noi di loro."

"Come vi siete occupati di Al-Quadar?" I suoi occhi sono spalancati per quelle che sembrano essere curiosità e speranza. "La eliminerete?"

"Sì, sarai al sicuro da loro. Quando avremo finito, nessuno collegato all'organizzazione potrà farti del male." Voglio che si senta rassicurata da quelle parole, che le consideri come la promessa di un futuro migliore, ma mentre parlo, vedo il volto di Yulia impallidire.

Si allontana da me, abbassando le ciglia per nascondere di nuovo il suo sguardo, e sento un sospetto improvviso crescere dentro di me.

"Yulia." Le prendo il braccio quando si volta. Facendola girare per costringerla a guardarmi, vedo il suo viso pallido. "Li stai proteggendo? Stai proteggendo qualcuno?"

Non dice nulla, ma vedo la tensione sul suo viso, la paura che sta cercando di nascondere. Questo va al di là della semplice fedeltà a un datore di lavoro, al di là della preoccupazione per i colleghi.

È terrorizzata per loro—come lo sarebbe qualcuno per una persona amata.

Stordito, le lascio andare il braccio e faccio un passo indietro. Non so perché io non abbia mai riflettuto su questa possibilità. Ero così convinto dell'idea che le avessero rovinato la vita da non chiedermi nemmeno se ci fosse qualcuno che Yulia ha a cuore in Ucraina.

Se ci fosse un amante al di fuori del suo incarico.

Passo il resto della serata con il pilota automatico. Esguerra ed io abbiamo in programma un'altra chiamata a tarda notte con l'Asia, così lego Yulia nel mio ufficio, permettendole di leggere mentre io mi occupo dell'attività. È insolitamente diffidente con me, e mi guarda come se potessi aggredirla da un momento all'altro. La sua paura si accumula alla rabbia che ribolle nel profondo del mio petto. Ci vuole tutto il mio autocontrollo per darle il libro e uscire dalla stanza senza afferrarla e pretendere risposte.

Senza ricorrere alla violenza che non posso e non voglio usare su di lei.

Mentre ascolto i nostri fornitori malesi discutere sulla qualità dell'ultimo lotto degli esplosivi al plastico, cerco di non pensare alla mia prigioniera, ma è impossibile. Ora che ho quell'idea per la mente, non riesco a togliermela.

Un amante. Un uomo che Yulia ama e vuole proteggere.

Al solo pensiero provo una rabbia omicida. Chi è? Un altro della sua agenzia? Qualcuno che ha conosciuto durante la sua formazione, forse? Non è da escludere. Sarebbe stata molto giovane quando lo ha incontrato, in quel caso, ma le ragazze di quell'età si innamorano continuamente. Potrebbe trattarsi di un altro addestratore, qualcuno che ama perché hanno condiviso le stesse esperienze. Oppure, potrebbe essere un uomo più grande—un istruttore o un agente già addestrato. Kirill potrebbe non essere stato l'unico ad accorgersi che il brutto anatroccolo si stava trasformando in un cigno.

Più ci penso, più sembra probabile. Potrebbero essersi conosciuti durante il suo addestramento e forse hanno continuato la loro storia d'amore in seguito. Solo perché il lavoro di Yulia consisteva nell'avvicinarsi ad altri uomini per ottenere informazioni, questo non vuol dire che non abbia potuto avere una relazione autentica. E in questo caso, un altro agente come amante sarebbe stata la scelta più logica. Qualcuno della sua organizzazione avrebbe capito la sua professione, perdonandola per quello che aveva fatto.

Ha accettato di farsi scopare da me mentre era innamorata di *lui*.

La matita con la quale stavo giocando durante la chiamata si spezza nelle mie mani, facendo un rumore sorprendentemente forte nella pausa della conversazione. Esguerra alza le sopracciglia, rivolgendomi un'occhiataccia, e mi sforzo di lasciar stare i pezzi rotti della matita.

Non posso cedere a questa rabbia. Non posso permettermi di perdere il controllo. Ho bisogno di pianificare una nuova strategia, una che non si basi sulla fiducia di Yulia nei miei confronti.

Se ho ragione sul suo amante, non mi darà mai le risposte che cerco.

Proteggerà la sua agenzia perché lui ne fa parte.

---

Yulia sta ancora leggendo quando torno nel mio ufficio, con la sua testa bionda piegata sulle pagine aperte di un thriller psicologico di Michael Crichton. Tiene il libro sul grembo—l'unica posizione che le corde che la fissano alla poltrona le consentono.

Sentendomi entrare, alza gli occhi, con uno sguardo carico di diffidenza. Si aspetta che io insista per ottenere informazioni, e la sua paura è come benzina sul fuoco della mia ira.

Non deluderò la mia prigioniera.

"Perché li proteggi?" Attraverso la stanza e mi fermo davanti a lei. La mia voce è fredda, anche se la rabbia che mi scorre nelle vene è abbastanza calda da farmi bruciare. "Che cosa significano per te?"

Yulia posa lo sguardo sul mio stomaco. "Non so di cosa stai parlando."

"Non mentirmi." Mi accovaccio davanti a lei, in modo che i nostri occhi siano allo stesso livello. Allungando la mano, le prendo la mascella e la costringo a guardarmi. "Non vuoi che diamo la caccia alla tua agenzia. Perché?"

È silenziosa mentre mi guarda.

"C'è qualcuno lì che stai proteggendo?"

Sgrana leggermente gli occhi, e intravedo un accenno di panico nella loro profondità blu. "No, certo che no" risponde in fretta.

Sta mentendo. Ne sono certo, ma sto al gioco. "E allora, perché non vuoi parlare con me?"

"Perché non meritano la tua vendetta." Quelle parole le escono rapide e disperate. "Stavano solo facendo il loro lavoro, proteggendo il nostro Paese."

"Quindi, è tutta una questione di patriottismo per te? È questo che mi stai dicendo?"

"Certo." Una vena palpita visibilmente nella sua gola. "Perché lo farei, altrimenti?"

"Forse perché ti hanno presa quando eri una bambina del cazzo." Stringo la mano sulla sua mascella. "Perché l'unica scelta che ti hanno dato è stata quella di fare la puttana per loro o marcire in orfanotrofio."

Yulia sussulta davanti alle mie parole dure, con i suoi occhi che si riempiono di lacrime, e mi fermo, combattendo un'ondata di rabbia. Realizzando che le mie dita stanno scavando nella sua pelle, stacco la mano e l'abbasso. Il mio palmo si chiude immediatamente in un pugno, e lei affonda di nuovo sulla sedia, come se avesse paura di essere colpita.

Rilasso la mano con uno sforzo. "Yulia." Riesco a moderare il tono. "Sono dei fottuti mostri. Non capisco perché non te ne rendi conto."

Chiude gli occhi, e vedo una lacrima rigarle la guancia. "Non è così semplice" sussurra, aprendo gli occhi per guardarmi di nuovo. "Tu non capisci, Lucas."

"No?" Incapace di resistere, alzo la mano e le asciugo la lacrima sul viso. Il mio tocco è quasi delicato, con la rabbia più violenta che si placa alla vista delle sue lacrime. "Allora spiegami, bellissima. Fammi capire."

"Non posso." Le sfugge un'altra lacrima. "Mi dispiace, ma non posso."

"Non puoi o non vuoi?" C'è un solo motivo che mi viene in mente per il suo prolungato silenzio. I miei sospetti erano fondati. Yulia sta proteggendo qualcuno—qualcuno di cui non può parlarmi perché sa che cosa accadrebbe, se sapessi della sua esistenza.

Perché sa che morirebbe per mano mia.

Non risponde alla mia domanda. Anzi, dice sottovoce: "Posso andare al bagno? Devo proprio andare."

La guardo, sempre più furioso. Tra meno di cinque giorni, andrò a Chicago, e non ho ancora ottenuto risposte vere.

Non riuscirò mai ad ottenerle, finché continuerà ad amarlo.

Mentre guardo il suo viso rigato dalle lacrime, mi viene in mente un'idea, una che prima avrei considerato troppo crudele. Ora, però, con questa nuova consapevolezza che alimenta la mia rabbia, non riesco a vedere nessun altro modo. Non posso continuare a tenere Yulia rinchiusa in casa mia per sempre; a un certo punto, dovrò concederle più libertà, e quando lo farò, avrò bisogno di assicurarmi che non fugga, né si nasconda da qualche parte.

Avrò bisogno di fare in modo che non possa tornare da *lui*.

Raggiungendo la tasca, tiro fuori il mio coltello e taglio le corde, mentre mi guarda, pallida e visibilmente terrorizzata.

Trasformando il mio volto in una dura maschera impassibile, la afferro per il braccio e la faccio alzare in piedi. "Andiamo" dico, con voce simile al ghiaccio.

La conduco lungo il corridoio, più determinato che mai.

È ora di fare sul serio.

In un modo o nell'altro, Yulia stasera parlerà.

# yulia

Il cuore mi batte all'impazzata dall'ansia, mentre camminiamo in silenzio verso il bagno. Sento la rabbia di Lucas. È diversa da quella che ho visto in lui finora—più fredda e più controllata. È furioso e determinato, e questo mi spaventa più di quanto avrebbe fatto se mi avesse aggredita.

Mi lascia andare al bagno da sola, come al solito, e chiudo la porta alle mie spalle, appoggiandomici per riordinare i pensieri e calmare il frenetico battito del cuore. Il cibo che ho mangiato a cena è come un mattone nello stomaco. Non provavo il morso del terrore da più di una settimana, e avevo dimenticato quanto potesse essere forte.

*Ha mentito. Ha mentito quando ha promesso che non mi avrebbe fatto del male.* Ho visto l'oscuro intento sul suo volto, ho sentito la violenza a stento trattenuta nel suo tocco.

Mi farà qualcosa stanotte—qualcosa di terribile.

Con una sensazione di malessere, faccio pipì e mi lavo le mani, muovendomi nonostante il panico. La consapevolezza del tradimento di Lucas è come una lancia nel petto. All'inizio, sospettavo che il suo fosse tutto un gioco, ma con il passare dei giorni, ho lentamente cominciato a perdere la naturale diffidenza nei suoi confronti, a credere che la bizzarra vita domestica potesse continuare per un po'.

A sperare che davvero non mi facesse del male.

*Dura. Dura, dura, dura.* La parola russa per stolto è come un martello pneumatico nel mio cranio. Come ho potuto essere così idiota? So chi è Lucas. Vedo i demoni che lo guidano. Il mio rapitore è un uomo che ha abbandonato una casa buona e sicura per intraprendere una vita all'insegna del pericolo e della violenza, e non l'ha fatto per amore verso il suo Paese.

L'ha fatto perché è la sua natura—perché aveva bisogno di trovare uno sbocco all'oscurità dentro di sé.

Ho conosciuto altri come lui. I miei istruttori. Obenko stesso. Condividono tutti questa caratteristica, questa incapacità di essere parte di una società pacifica e di rispettarne le leggi. È questo che li rende così bravi nel loro lavoro—e così pericolosi.

Quando la coscienza è inesistente, è facile fare quello che dev'essere fatto.

"Yulia." Qualcuno che bussa alla porta mi fa trasalire, e mi rendo conto di essere rimasta ferma lì, assorta nei miei pensieri. "Hai fatto?" La voce profonda di Lucas manda in frantumi la mia paralisi, e reagisco, nascondendo la paura sotto un'ondata di adrenalina.

"Quasi" grido, alzando la voce per essere sentita sopra l'acqua che scorre. "Devo solo lavarmi il viso."

Lasciando scorrere l'acqua per mascherare il rumore dei miei movimenti, mi inginocchio e apro l'armadietto sotto al lavandino. Lì, tra rotoli di carta igienica e tubetti di dentifricio, c'è l'oggetto che ho nascosto proprio per tale eventualità.

È una piccola forchetta di metallo che ho preso dalla cucina due giorni fa, infilandola nella tasca dei pantaloncini, mentre Lucas stava lavando i piatti. L'aveva lasciata all'interno del cassetto della cucina contenente tovaglioli e altri piccoli oggetti, probabilmente senza rendersi conto che era lì. L'ho rubata mentre stavo prendendo tovaglioli puliti per la tavola e l'ho nascosta lì, sperando che non avrei mai avuto bisogno di usarla.

Beh, ora ne ho bisogno. La piccola forchetta non è proprio un'arma, ma è più resistente di uno spazzolino di plastica.

Ignorando la parte di me che si sente male all'idea di ferire Lucas, prendo la forchetta, la infilo nella tasca posteriore dei pantaloncini e chiudo l'armadietto.

Non posso permettergli di distruggermi.

La vita di mio fratello dipende dalla mia.

———

Lucas mi porta in camera da letto, ancora una volta senza parlare. Non commetto l'errore di aggredirlo non appena esco—non lo coglierò di sorpresa per la seconda volta. Così, cammino il più lentamente possibile, cercando di non pensare alla piccola forchetta che mi brucia nella tasca. So che Lucas mi guarda sempre le mani, così le tengo rilassate lungo i fianchi, combattendo l'istinto che urla di proteggermi, di colpire *ora*.

"Spogliati" dice Lucas, fermandosi davanti al letto. I suoi occhi chiari sono socchiusi, quando mi lascia andare il braccio e fa un passo indietro. Sento il desiderio dentro di lui. È oscuro e potente, nonostante la rabbia fredda e palese sui lineamenti duri del suo volto.

Questa non sarà una tenera sessione d'amore. Mi farà del male.

Faccio appello a tutta la mia determinazione per afferrare l'orlo del top e tirarlo da sopra la testa, mettendo a nudo il mio seno davanti ai suoi occhi. La mia gola è così stretta che riesco a malapena a respirare, ma lascio cadere il top e lo guardo senza battere ciglio. La cosa peggiore che io possa fare è mostrargli quanto sono terrorizzata—e disperata.

"Il resto" insiste Lucas, quando mi fermo. La sua espressione non cambia, ma vedo il crescente rigonfiamento nei suoi jeans. "Togliti tutto—o lo farò io." Flette i muscoli del braccio, tradendo la sua impazienza.

Mi sforzo di fare un sorrisetto di derisione. "Ah, sì?" Lentamente, molto lentamente, metto la mano sulla cerniera, pregando che non mi tremino le mani. "E come hai intenzione di farlo, esattamente?"

Davanti alla mia sfida, le narici di Lucas si allargano e fa esattamente quello su cui contavo.

Si allunga verso di me e infila le dita nella parte superiore dei miei pantaloncini, tirandomi verso il suo corpo duro. Ansimo allegramente, come se fossi eccitata dalle sue maniere rudi, e mentre si distrae, infilo la mano destra nella tasca posteriore, afferro la forchetta, e lo colpisco.

Con un rapido movimento, la mia mano vola sul suo volto, con la forchetta che punta al suo occhio proprio mentre faccio scattare il ginocchio verso l'alto, mirando alle sue palle. Qualunque ferita mi permetterebbe di disorientarlo per qualche momento cruciale, e questo dovrebbe concedermi il tempo sufficiente per scappare.

Avrebbe dovuto funzionare—con qualsiasi altro uomo, avrebbe funzionato—ma Lucas non è come qualsiasi altro uomo. Per quanto io possa essere veloce, lui è ancora più veloce. In una frazione di secondo, scatta indietro. La forchetta gli sfiora lo zigomo e il mio ginocchio colpisce il suo interno coscia, e poi è su di me, torcendomi il braccio destro dietro la schiena con un movimento rapido e spietato. Le sue dita mi stringono il polso, facendomi intorpidire la mano. La forchetta mi scivola dalle dita, e l'istante successivo, sono sdraiata di stomaco sul letto, con il suo corpo grosso che mi inchioda. Sento la sua palpitante erezione sul mio sedere, percepisco la rabbia e la lussuria in lui, e la vecchia paura riaffiora, con i ricordi che mi travolgono come una nauseante marea.

*No. Ti prego, no.* Non mi posso muovere, non posso respirare. Sono bloccata, impotente, mentre due ruvide mani maschili mi strappano i vestiti. L'uomo sopra di me vuole punirmi, farmi del male. Mi dimeno, ma non posso fare niente, e l'oscuro panico che mi avvolge mi fa perdere il controllo.

"No, per favore, no!" Non mi rendo nemmeno conto delle urla e delle grida, delle suppliche che mi escono dalla gola. Tutto quello che sento sono le sue mani che mi trascinano i pantaloncini lungo le gambe e le sue ginocchia che scavano nelle mie cosce per tenermi bloccata. Non c'è tenerezza nel suo tocco, nient'altro che pura lussuria vendicativa, e il terrore mi consuma, con le sue dita che invadono il mio corpo, spingendo dentro violentemente, mentre urlo e singhiozzo dal dolore.

"Smettila, ti supplico, smettila!" Non c'è più Lucas sopra di me, non c'è più l'uomo che mi ha fatto provare piacere. C'è il mostro brutale dei miei incubi, quello che ha fatto a pezzi il mio corpo e la mia anima. Gli angoli della mia coscienza cedono, svanendo nel passato. "Non farlo! Basta, fermati!"

Il mostro non si ferma, non ascolta. "Chi sono io?" ringhia, con le sue dita implacabili. "Qual è il mio nome?"

"No, fermo!" Mi dimeno sotto di lui, in preda alla paura. Non capisco che cosa sta dicendo, che cosa vuole da me. Devo fuggire. Devo liberarmene. "Lasciami andare!"

"Di' il mio nome, e mi fermerò." C'è qualcosa di sbagliato in quell'affermazione, qualcosa che dovrebbe concedermi una pausa, ma non riesco a pensare, non riesco a concentrarmi su altro che non sia l'oscuro terrore che mi avvolge.

"Lasciami andare!"

Le sue dita spingono più a fondo, la sua voce è dura e crudele. "Di' il mio nome."

"Kirill!" grido, alla disperata ricerca di una speranza, per quanto possa essere flebile. Farei qualunque cosa, direi qualunque cosa per farlo smettere.

Non si ferma. "Il mio nome completo e reale."

"Kirill Ivanovich Luchenko!"

"Chi sono?"

"Il mio addestratore!" Il buio mi consuma, mi distrugge. "Ti prego, fermati!"

"Il tuo addestratore di dove?"

"Dell'UUR!"

"Che cos'è l'UUR?" Spinge il corpo su di me, soffocandomi con il peso. "Che cosa significa, Yulia?"

"Ukrainskoye—" Finalmente, mi rendo conto della stranezza di tutto il terrore, e mi blocco, con la mente in agonia tra presente e passato. Non ha senso. È tutto diverso, è tutto sbagliato. Le dita dentro di me sono dure, ma non mi stanno facendo a pezzi, e non c'è l'odore della colonia.

*Non c'è l'odore della colonia.*

"Che cosa significa?" ripete l'uomo e, per la prima volta, sento la tensione nella sua profonda voce familiare.

Una voce che sta parlando in inglese.

*No. Oh Dio, no.* Quella consapevolezza è come una freccia che mi buca i polmoni.

Non è Kirill quello sopra di me.

È Lucas.

È sempre stato Lucas.

Ha fatto diventare il mio incubo realtà, e ho ceduto.

Gli ho rivelato tutto.

# lucas

Yulia si blocca sotto di me, con il suo esile corpo devastato da violenti tremori, e mi rendo conto che non è più lì, in quel vecchio luogo dei suoi terrori.

È tornata qui con me.

Dovrei essere soddisfatto di questa vittoria. Il nome del suo ex addestratore e le iniziali dell'agenzia sono delle informazioni importanti. I nostri hacker setacceranno la rete, ed è solo una questione di tempo prima che i capi di Yulia e il suo amante siano individuati.

Ho adempiuto all'incarico che avevo deciso di portare a termine.

Ma, chissà perché, non mi sembra una vittoria. Mi fa male il petto quando ritiro le dita dal corpo di Yulia, e sento un vuoto dentro di me, un vuoto in cui un tempo vivevano la rabbia e la gelosia.

Le ho fatto del male. Non molto—forse per niente, in senso fisico. Non era completamente asciutta, e sono stato attento a non farle male. Ma le ho fatto male lo stesso.

Ho preso l'orrore del suo passato e lo ho utilizzato per farla cedere. Essendo a conoscenza della sua paura della violenza sessuale, l'ho spaventata abbastanza da aggredirla, e poi mi sono vendicato nel modo che teme di più.

Ho ricreato le condizioni del suo incubo per riportare indietro la quindicenne terrorizzata.

"Yulia." Mi sposto da lei e mi siedo, con il dolore al petto che si intensifica nel vederla lì, tutta tremante. Allungando la mano, le accarezzo delicatamente la schiena, non riuscendo a trovare le parole giuste. La sua pelle è fredda e umida sotto le mie dita, il suo respiro instabile. "Tesoro. . ."

Si gira, con il corpo contorto in una piccola palla di membra nude. Ha ancora i pantaloncini attorno alle ginocchia, ma non sembra rendersene conto. Si rannicchia sempre di più, come se stesse cercando di scomparire.

"Vieni qui, piccola." Non posso fare a meno di allungarmi verso di lei. È tesa quando la tiro a me, con ogni muscolo del suo corpo rigido dalla tensione. So che il mio tocco è l'ultima cosa che vuole in questo momento, ma non posso permetterle di affrontare tutto questo da sola.

Pur sapendo del suo amore per un altro uomo, non posso lasciare Yulia da sola.

Il suo viso è bagnato sulla mia spalla, mentre la stringo, accarezzandole la schiena, i capelli, i muscoli morbidi dei polpacci. Il profumo di pesca della sua pelle inebria le mie narici, ma il mio desiderio è messo a tacere per il momento, il che mi permette di concentrarmi sulla sua tranquillità.

Con le ginocchia al petto e il suo intero corpo sul mio grembo, Yulia non sembra più grande di una bambina. La sua fragilità mi pesa, facendo peggiorare la forte pressione sul mio cuore. Non so che cosa fare, così l'abbraccio, lasciando che il mio calore scaldi la sua gelida carne. Non mi respinge, non mi combatte e questo è sufficiente per ora.

Dev'essere sufficiente.

"Mi dispiace" mormoro, quando i suoi tremori cominciano a stabilizzarsi. Quelle parole probabilmente suonano vuote alle sue orecchie, così come alle mie, ma continuo, sentendo il bisogno che capisca. "Non volevo farti del male, ma dovevamo superare quella fase di stallo. Non ti saresti mai fidata di me abbastanza da raccontarmi dell'UUR. Ed ora è finita. È finita. Ho promesso che non ti avrei fatto del male, se mi avessi parlato, e non lo farò. Andrà tutto bene."

Quando il suo amante sarà morto, sarà mia e solo mia.

Yulia non dice niente, ma qualche minuto dopo, il suo respiro si normalizza e i suoi tremori si placano. Persino la sua pelle sembra più calda, anche se il corpo è ancora rigido nel mio abbraccio.

"Sei stanca, piccola?" sussurro, muovendo la mano sulla sua schiena con piccoli cerchi rilassanti. "Vuoi andare a dormire?"

Non risponde, ma la sento irrigidirsi ancora di più.

"Non ti preoccupare, non ti toccherò" dico, cercando di capire quale sia la fonte della sua tensione. "Andiamo a dormire, va bene?"

Continua a non rispondere, ma non mi aspetto risposte a questo punto. Cullandola sul petto, mi alzo e la porto sul suo lato del letto, poi la poso delicatamente sulle lenzuola.

Yulia rotola subito via da me, avvolgendosi nella coperta, e glielo lascio fare, mentre mi tolgo i vestiti e prendo le manette.

Sdraiandomi accanto a lei, tiro via la coperta e mi allungo verso il suo polso sinistro. "Vieni qui, tesoro. Conosci le regole."

Non si oppone quando ammanetto il suo polso al mio. Dovrebbe essere scomodo dormire in questo modo, con i nostri polsi sinistri legati insieme, ma ormai sono talmente abituato che mi sembra del tutto naturale.

Non appena ho ammanettato Yulia, la tiro al mio petto, tenendola da dietro. Quando il mio inguine preme sul suo sedere, sento un materiale grezzo sul mio cazzo nudo e mi rendo conto che è riuscita a tirarsi su i pantaloncini, mentre mi stavo spogliando. Prendo in considerazione l'idea di lasciarla dormire in questo modo, ma dopo essermi mosso un paio di volte alla ricerca di una posizione migliore, raggiungo la cerniera dei suoi pantaloncini.

"Ti abbraccerò soltanto" le prometto, tirandole giù i pantaloncini, mentre è sdraiata lì, rigida e senza opporre resistenza. "Starai più comoda così."

Dando un calcio ai pantaloncini, avvicino la sua schiena mettendola nella posizione a cucchiaio, ammirando la perfezione del suo corpo nudo tra le mie braccia. Prima di conoscere Yulia, non mi piaceva fare le coccole alle donne, ma ora non riesco a immaginare di non abbracciarla prima di addormentarmi.

Naturalmente, di solito abbraccio Yulia *dopo il sesso*, mi rendo conto, riflettendo, mentre il mio cazzo si irrigidisce sul suo sedere. Dormire è molto più facile dopo averla scopata un paio di volte.

Oh, beh. Faccio un respiro profondo e mi vedo strisciare nel fango delle montagne dell'Afghanistan, con il gelido nevischio che mi bagna i vestiti. Vedendo che questo non funziona, penso ai miei genitori e al modo in cui non si sono mai toccati, né scambiati sorrisi, rimpiazzando l'affetto con la gentilezza, e il legame familiare con l'ambizione reciproca.

Quest'ultimo ricordo sembra funzionare, e la mia erezione scompare abbastanza da farmi rilassare. Mentre affondo nelle rassicuranti tenebre del sonno, sogno torte alla pesca, angeli con lunghi capelli biondi e un sorriso.

Il sorriso luminoso e sincero di Yulia.

# 20

"È *colpa tua, troia. È tutta colpa tua.*"

Vagamente, mi rendo conto che quelle parole sono stranamente lontane, ma il terrore mi avvolge lo stesso, schiacciandomi come una coperta soffocante. Lo sento su di me, e io urlo, dimenandomi per evitare la violazione, il terribile dolore.

"No, ti prego, no!"

"Shh, piccola, va tutto bene. Stai solo facendo un brutto sogno."

Due braccia forti mi stringono, spingendomi su un corpo caldo e duro, e il terrore soffocante si placa, con le voci crudeli che svaniscono. Singhiozzando dal sollievo, cerco di girarmi, di affrontare la persona che mi sta tenendo, ma qualcosa di duro mi tira il polso sinistro.

*Le manette.*

"Lucas?"

"Sì, sono io." Delle labbra calde mi sfiorano la tempia, mentre una grande mano mi liscia i capelli. "Sono con te. Andrà tutto bene ora."

È con me. Qualcosa di quell'affermazione dovrebbe preoccuparmi, ma in questo momento, tutto quello che sento è la sua seducente tranquillità. Le braccia forti di Lucas mi stringono, mi abbracciano e mi proteggono nel buio, e l'orrore del sogno si fa più distante, sprofondando nella melma del passato.

Non c'è Kirill. C'è solo Lucas, e nessuno mi può strappare via da lui.

"Piccola, devi smetterla di muoverti in quel modo." La sua voce è roca, tesa e mi rendo conto che mi sto dondolando contro di lui nel tentativo di affondare ancora di più nel suo abbraccio. Nel farlo, il mio sedere vibra contro il suo inguine—con un risultato prevedibile.

L'orrore si allontana, con il panico che ritorna per un attimo, e cerco di girarmi di nuovo, di nascondere il viso sul suo torace ampio, ma le manette non me lo permettono.

"Shh, va tutto bene. Sei al sicuro." Sento tirare e poi sento un *clic* quando la chiave gira, sbloccando le manette. "Non devi avere paura. Va tutto bene."

*Va tutto bene.* Il panico si dirada, soprattutto quando riesco ad avvolgere le braccia intorno al torso muscoloso di Lucas e respiro il suo profumo familiare. Sa di bagnoschiuma e calda pelle maschile, di sicurezza, forza e tranquillità. Nascondendo il viso nel suo torace, metto la gamba sulla sua anca, volendo avvolgermi intorno a lui come una vite, e lo sento gemere, mentre il suo cazzo duro spinge nella mia pancia.

Anche questo dovrebbe preoccuparmi, ma con la mente ancora alle prese con il sogno, non ci bado. Lo voglio solo più vicino—il più vicino possibile.

"Scopami" sussurro, facendo scivolare una mano tra i nostri corpi per afferrargli le palle tese. "Per favore, Lucas, scopami."

"Tu . . ." La sua voce suona soffocata. "Mi vuoi?"

"Sì, ti prego, Lucas." So che è patetico supplicare, ma ho bisogno di lui. Ho bisogno che scacci l'orrore. "Ti prego—" lo afferro per il cazzo e cerco di allinearlo al mio sesso—"ti prego, scopami. Per favore."

"Sì. Oh, cazzo, sì." Sembra incredulo quando rotola sopra di me, con i fianchi tra le mie cosce aperte. "Tutto quello che vuoi, bellissima. Tutto quello che vuoi"—spinge in profondità—"cazzo."

Gemiamo entrambi dopo che è entrato fino in fondo, con il suo spessore che mi distende fino al limite. Non sono bagnata come al solito, ma non importa. L'attrito quasi doloroso, la schiacciante forza della sua entrata improvvisa—è esattamente quello di cui ho bisogno. Non ha niente a che fare con il sesso o il piacere.

Ha a che fare con il fatto di essere sua.

"Yulia. . ." La sua voce è un lamento torturato, quando comincia a muoversi dentro di me. "Cazzo, piccola, sei fantastica. . ."

"Sì." Avvolgo le gambe intorno alle sue cosce muscolose, prendendolo ancora più in profondità. "Sì, proprio così. Oh Dio, proprio così."

Lui risponde, con il suo ritmo forte e costante, e dimentico tutto il disagio iniziale. Mentre continua a spingere, un selvaggio calore brucia dentro di me, con un bisogno puramente animalesco. Voglio che mi scopi così forte da farmi male, che mi faccia venire tanto da farmi dimenticare come mi chiamo.

Voglio che la sua ferocia distrugga i miei demoni.

"Più duramente" sussurro, affondando le unghie nella sua schiena. "Prendimi più duramente."

Si irrigidisce, con un brivido che attraversa il suo grande corpo, e sento il suo cazzo gonfiarsi ancora di più. Un ringhio basso rimbomba nel suo petto, e stabilisce il ritmo, con il sedere muscoloso che si flette sotto ai miei polpacci, mentre martella dentro di me, con ogni spinta così profonda da aprirmi quasi in due. Dovrebbe essere troppo, troppo forte, ma il mio corpo lo accoglie, con il calore dentro di me sempre più ardente ad ogni colpo. Sento le mie grida, sento la pressione esplosiva che cresce e tutte le mie paure si dissolvono, non lasciando altro che il piacere cocente.

"Lucas!" Non so se gridi davvero il suo nome, o se accada solo nella mia mente, ma in quel momento, emette un verso rauco, e lo sento gettare il suo seme dentro di me, mentre un'estasi calda e bianca mi attraversa le terminazioni nervose. L'orgasmo è così potente che il mio intero corpo si inarca verso l'alto e delle macchie bianche appaiono ai lati della mia vista. Sembra andare avanti per sempre, uno spasmo dopo l'altro, ma alla fine, le ondate di piacere si attenuano, e la consapevolezza lentamente ritorna.

Lucas è disteso su di me, con il suo grande corpo madido di sudore, ma mentre rifletto sul peso della sua stazza, rotola giù da me, tirandomi a sé, in modo da farmi appoggiare la testa sulla sua spalla. Restiamo sdraiati così, ansimanti e troppo esausti per muoverci, e quando il battito del mio cuore comincia a rallentare, la pesante apatia della sazietà ha la meglio su di me.

"Sogni d'oro, piccola" lo sento sussurrare, mentre mi tira giù, e chiudo gli occhi, sapendo di essere al sicuro.

Appartengo a Lucas, e lui terrà alla larga i brutti sogni.

---

"Buongiorno, bellissima." Un tenero bacio sulla spalla mi fa svegliare. "Che ne dici di una tazza di tè?"

"Che cosa?" Apro gli occhi e sbatto le palpebre per cancellare la nebbia del sonno dal mio cervello. Sto sdraiata su un fianco, così mi rotolo di schiena e strizzo gli occhi a Lucas—che sta in piedi accanto al letto, già vestito e con quella che sembra essere una tazza fumante in mano.

"Tè" dice. La sua bocca dura è piegata in un sorriso. "Ne ho preparato un po' per te. Spero di non aver rovinato tutto."

"Uhm. . ." Il mio cervello non è ancora pienamente funzionante, così mi metto seduta, e cerco di capire cosa sta succedendo. "Mi hai preparato il tè?"

"Hmm." Lucas si siede sul bordo del letto e mi porge la tazza con cautela. "Ecco qui. Non sapevo per quanto tempo dovesse bollire, ma c'erano le istruzioni sulla scatola, quindi spero che sia buono."

"Uh-uh." Prendo la tazza e ne bevo qualche sorso. Il tè è abbastanza caldo da bruciarmi la lingua, ma il sapore familiare dell'Earl Gray mi dà energia, scacciando la confusione nella mente. Lentamente, pezzo dopo pezzo, rimetto insieme il puzzle.

*Lucas è come Kirill. Gli ho detto dell'UUR.*

La tazza si inclina nella mia mano, e il liquido caldo si rovescia sui miei seni nudi.

Spaventata dal dolore improvviso, guardo giù e sento Lucas imprecare, mentre mi toglie la tazza dalle mani. La mette sul comodino prima di tamponarmi il petto con un bordo del lenzuolo. "Fanculo. Yulia, stai bene?"

Lo fisso, con la pelle sempre più fredda nonostante l'ustione provocata dal tè. "Vuoi sapere se sto bene?" Ricordo tutto ora. Il modo in cui mi ha costretta a cedere. Il modo in cui mi ha abbracciata dopo. L'incubo. L'essermi aggrappata a lui nel buio.

La mia richiesta—no, la mia *supplica* di scoparmi.

Il volto di Lucas si indurisce. "Ti sei bruciata?"

"No." Il freddo dentro di me cresce, bloccando il terrore malato che mi scorre nelle vene. "Non mi sono bruciata."

Non per colpa del tè, se non altro.

Girandomi, sollevo la coperta, alla ricerca dei pantaloncini che ha gettato via quando siamo andati a letto. Questo mi permette di concentrarmi su qualcosa, di fare qualcosa. Inoltre, ho bisogno di quei vestiti. Sono una protezione, e ne ho bisogno.

Ho bisogno di aggrapparmi a qualcosa per evitare di impazzire.

Come ho potuto cercare Lucas dopo quel terribile sogno, quando poche ore prima lo aveva reso realtà? Come ho potuto desiderare l'uomo che mi aveva fatta a pezzi in quel modo? È come se avessi cancellato quello che aveva fatto, sopprimendo tutto nel mio disperato bisogno di conforto.

Nella mia egoistica debolezza, ho abbracciato l'uomo che distruggerà mio fratello.

"Yulia." Lucas si allunga verso di me, ma io mi divincolo. Finalmente riesco a mettere le mani sui pantaloncini, e li afferro prima di saltare giù dal letto sul lato opposto. So che non posso andare da nessuna parte, ma non posso lasciare che mi tocchi.

Mi sentirei di nuovo a pezzi.

"Che cosa stai facendo?" mi chiede, mentre infilo i pantaloncini e mi metto carponi, cercando il top che ho lasciato cadere la notte scorsa. "Yulia, che cazzo stai facendo?"

*Ah-ah, eccolo.* Ignorando la sua domanda, afferro il top—se il reggiseno sportivo con il pizzo può essere chiamato così. Tutti i vestiti che mi ha comprato Lucas sono così: casual, ma ridicolmente sexy. Sono meglio di niente, però, così infilo il top e mi alzo in piedi, facendo del mio meglio per non guardarlo.

Questo sembra irritarlo. In un attimo, attraversa la stanza e si ferma davanti a me, con le dita intorno al mio braccio.

"Che cazzo ti prende, Yulia?" Lucas mi afferra il mento con la mano libera e mi costringe a guardarlo. "A che gioco stai giocando?"

"Io?" Mentre incontro il suo sguardo, un pizzico di rabbia brucia nelle ceneri della mia disperazione. "Sei tu il maestro di gioco, Kent. Io sono solo una pedina."

Solleva le sopracciglia. "Quindi, la notte scorsa cos'è successo? Eri solo una pedina nelle mie mani?"

"La notte scorsa è stata un momento di follia." Io la vedo così, almeno. La mia voce è dura e amara, quando aggiungo: "E poi, che cosa te ne importa? Hai quello che ti serve."

"Sì, esatto." La sua espressione è indecifrabile. "Ho le informazioni che mi servono per distruggere l'UUR."

Un turbinio di nausea mi fa venir voglia di vomitare. Non so se Lucas lo percepisca, ma mi lascia andare il mento e fa un passo indietro.

"Andrà tutto bene" dice, con voce stranamente sottile. "Te l'ho detto che non ti avrei uccisa, né fatto del male, una volta ottenute le informazioni, e non lo farò. Non c'è bisogno che ti stressi. È finita."

Lo fisso, colpita dal fatto che l'idea che Lucas possa uccidermi non mi è passata per la testa né la notte scorsa, né stamattina. Non ho minimamente pensato a quello che potrebbe succedermi. A un certo punto, ho cominciato a credere che il mio rapitore non mi volesse morta.

Ho cominciato a credere che la sua ossessione sessuale nei miei confronti fosse reale.

"Ascolta" dice Lucas, quando resto in silenzio: "Le cose andranno meglio. Quando l'UUR non esisterà più, ti concederò più libertà. Potrai passeggiare per la tenuta da sola, andare dove vuoi."

"Davvero?" Nonostante la mia disperazione, mi viene da ridere. "E che cosa ti fa credere che non scapperei?"

Gli angoli della sua bocca si piegano in un sorriso oscuro. "Perché non andresti lontana, se ci provassi. Ti metterò dei localizzatori addosso."

Il mio cuore salta un battito. "Localizzatori?"

Lucas annuisce, lasciandomi andare il braccio. "I fornitori di Esguerra hanno messo a punto un nuovo prototipo. Per ora, posso darti un piccolo assaggio della tua vita futura e portarti fuori dopo la colazione. Che ne dici di fare una passeggiata?"

*Una passeggiata all'aperto.* In qualsiasi altro momento, sarei stata estasiata, ma ora, c'è solo una cosa che posso fare per interagire con lui in maniera semi-normale.

Mi comporterò come se tutto il mio mondo non fosse sul punto di crollare.

"Prima la colazione, però" dice Lucas, quando resto ferma. "Andiamo. Ti porto al bagno per la tua routine del mattino."

*Bagno. Colazione.* Vorrei urlare che tutto questo è folle, che non posso assolutamente mangiare, ma tengo la bocca chiusa e faccio come dice. Ho bisogno di capire cosa fare, come sistemare il casino che ho fatto.

"Di che genere di localizzatori stai parlando?" mi sforzo di chiedere, mentre camminiamo verso il bagno. "Impiantati o esterni?"

"Impiantati." Lucas si ferma davanti alla porta del bagno e mi guarda. "Solo per tenerti al sicuro."

E per assicurarsi di sapere sempre dove sono.

"Quando me li metterai?" chiedo, cercando di mantenere la voce ferma. Se i localizzatori saranno difficili da rimuovere come sospetto, la fuga sarà quasi impossibile.

"Quando tornerò da Chicago" dice Lucas. "Sarò via per due settimane, partirò tra cinque giorni. Purtroppo, i localizzatori non saranno pronti prima di allora, quindi dovrò legarti per tutta la durata del viaggio."

"Partirai?" Il mio cuore accelera il battito per un'improvvisa speranza. Se andrà via. . .

"Sì, ma non ti preoccupare. Ci saranno un paio di guardie di cui mi fido a tenerti d'occhio." Sorride, come se mi stesse leggendo nel pensiero. "Si assicureranno che tu stia comoda e tranquilla."

*E ancora qui al suo ritorno.*

Le parole non dette fluttuano in aria, mentre faccio un passo nel bagno e chiudo lentamente la porta alle mie spalle. Il piano di Lucas di incatenarmi a sé dovrebbe spaventarmi, ma la nauseante paura che provo non ha nulla a che fare con il mio destino.

Se gli uomini di Esguerra daranno la caccia all'UUR come l'hanno data agli altri nemici, nessuna persona legata all'agenzia sfuggirà alla loro ira.

L'intera famiglia di Obenko verrà distrutta—e mio fratello con loro.

# lucas

*Y*ulia è silenziosa e pensierosa, mentre prepara la colazione, e non ho dubbi che stia pensando a lui—all'uomo che ama. Probabilmente si sta chiedendo che cosa gli succederà, sentendosi in colpa per la consapevolezza di averlo involontariamente tradito. Vorrei afferrarla e ordinarle di toglierselo dalla mente, ma questo non farebbe che peggiorare le cose. Se scoprisse che so di lui, potrebbe implorarmi di salvargli la vita, e non è questo che voglio.

A prescindere da quello che vorrebbe Yulia, ucciderò quel figlio di puttana, e non voglio sconvolgerla inutilmente.

Al momento, non c'è alcun segno del sorriso gioioso di ieri, nessuno scherzo o risata, mentre si muove nella cucina, eseguendo il suo compito. Con l'incidente della forchetta fresco nella mia mente, la tengo ancora più d'occhio, assicurandomi che non nasconda qualcos'altro. Credo che sia arrogante lasciare che la mia prigioniera vada in giro per casa in questo modo, slegata e con accesso a cose che potrebbero essere utilizzate come armi. Sono abbastanza certo di poterla controllare, finché riuscirò a prevedere le sue aggressioni, ma c'è sempre la possibilità che un giorno possa prendermi di sorpresa.

È pericolosa, ma come una missione impegnativa, questo non fa che eccitarmi.

La colazione che prepara Yulia è semplice: una frittata con il formaggio e una coppa di fragole per dessert. In teoria, avrei potuto prepararla anch'io, solo che le mie uova sarebbero state gommose o poco cotte, e il formaggio si sarebbe bruciato sui bordi della padella. A Yulia, non accade nulla di tutto questo. La frittata è leggera, tenera, e perfetta, e anche le fragole sono più buone di quanto ricordassi.

"È tutto delizioso" le dico, mentre divoro la mia porzione, e Yulia annuisce come risposta ai miei complimenti. A parte questo, non mi guarda, né mi parla.

È come se non esistessi.

Il suo comportamento mi fa infuriare, ma trattengo la rabbia. So di meritare il suo silenzio. Forse non le ho fatto del male fisicamente, ma questo non riduce la gravità di quello che ho fatto.

L'ho torturata, ho sfruttato la sua più grande paura per farla cedere.

Infastidito dal formicolio del senso di colpa, mi alzo e lavo i piatti, usando quel compito di routine per distrarmi dai pensieri confusi. Per quanto mi riguarda, sto facendo un favore a Yulia, eliminando l'amante dalla sua vita. È chiaro che lui non la merita. L'ha lasciata andare a Mosca per scopare con altri uomini, e l'ha lasciata marcire nella prigione russa per due mesi. Agente o meno, quell'uomo è un debole, e lei starà meglio senza di lui. Quando Yulia è venuta da me ieri sera, ho pensato che per qualche miracolo mi avesse perdonato e avesse deciso di dimenticare il suo amante, ma ora mi rendo conto che si è trattato solo di una mera illusione da parte mia.

Era rimasta troppo traumatizzata per capire cosa stesse facendo.

"Pronta per la passeggiata?" chiedo, avvicinandomi al tavolo. Yulia sorseggia il tè e continua a non guardarmi. "Ho una telefonata da fare tra meno di due ore, quindi se vuoi uscire dobbiamo andare ora."

Si alza, sempre in silenzio, e vedo che il suo volto è pallido. È sconvolta. No, più che sconvolta—devastata.

Il senso di colpa sembra avere la meglio ancora una volta, e lo respingo con uno sforzo. "Vieni qui" dico, prendendole la mano. Le sue dita affusolate sono fredde nella mia presa, mentre la conduco fuori dalla cucina. "Usciremo dal retro."

La camera da letto ha una porta che dà sul cortile di casa, e uso quell'ingresso per evitare occhi indiscreti. Non voglio che qualcuno veda la mia prigioniera fuori e diffonda la voce. Fin quando non avrò qualcosa di tangibile da dare a Esguerra sull'UUR, non voglio rendere pubblica la nostra relazione. Il mio capo mi deve un favore, ma è meglio che sia un affare per entrambi—le teste dei nostri nemici insieme alla notizia che voglio tenere Yulia per me.

"Mi dispiace che faccia così caldo" dico, quando usciamo fuori. Sono solo le otto e trenta del mattino, ma sembra già un bagno turco. Probabilmente pioverà nella prossima ora, ma per adesso il cielo è sereno con solo qualche nuvola bianca. "La prossima volta, andremo prima."

"No, va benissimo" dice Yulia, fermandosi in una radura tra gli alberi. Sorpreso, la guardo e noto che il suo viso ha un pizzico di colore ora. Mentre la osservo, chiude gli occhi e piega la testa all'indietro. Sembra una pianta che assorbe la luce del sole, e mi rendo conto che questo è esattamente quello che sta facendo: crogiolarsi al sole, prenderne il calore.

"Ti piace qui." Non so perché questo mi sorprenda. Forse perché credevo che una persona proveniente dalla sua parte del mondo fosse abituata al freddo e odiasse il caldo umido della foresta pluviale. "Ti piace questo clima."

Abbassa la testa e apre gli occhi per guardarmi. "Sì" dice con calma. "Mi piace."

"Sono contento." Stringendo la mano di Yulia, sorrido. "Ci ho messo un po' ad abituarmi, ma ora non riesco a immaginare di vivere in un posto freddo."

Non ricambia il sorriso, ma la sua mano sembra più calda nella mia stretta, quando riprendiamo a camminare, addentrandoci nella foresta che confina con la tenuta. La proprietà di Esguerra è enorme, estendendosi per miglia nella fitta vegetazione della foresta pluviale. Già negli anni Ottanta, Juan Esguerra, il padre di Julian, lavorava grandi quantità di cocaina qui, ma di quelle ne rimangono poche tracce ormai. La giungla ha già inghiottito i vecchi laboratori a forma di capanna, con la natura che sta recuperando il suo tappeto erboso con brutale rapidità.

"È così bello qui" dice Yulia, mentre attraversiamo un'altra radura, e vedo che sta guardando i fiori tropicali che costeggiano un piccolo stagno a una dozzina di metri di distanza. Sembra stranamente malinconica.

Le lascio andare la mano e mi giro per guardarla. "È la tua nuova casa." Allungandomi, le infilo una ciocca di capelli dietro l'orecchio. "Appena avremo sistemato tutto, potrai venire qui ogni volta che vuoi."

Lo dico per rassicurarla, come promessa di un piacevole futuro, ma il suo viso si indurisce alle mie parole, e capisco che è nuovamente preoccupata per il suo amante.

*Figlio di puttana.* Vorrei che quell'uomo fosse già sottoterra, così lo dimenticherebbe più facilmente.

Ricordando a me stesso di essere paziente, lascio cadere la mano e dico: "Questo è uno dei tanti bei posti in questa tenuta. C'è anche un bel lago non troppo lontano."

Yulia non risponde. Si gira e si avvicina allo stagno. Le sue infradito sono appena visibili tra l'erba fitta. La vista dei gambi verdi che le sfiorano le caviglie mi fa capire che dovrei comprarle un paio di scarpe da ginnastica per queste passeggiate. Ci sono serpenti qui, e molti tipi di insetti. Anche animali selvatici— alcune guardie hanno riferito di aver visto dei giaguari.

Improvvisamente preoccupato, mi unisco a Yulia davanti allo stagno e ispeziono l'erba nelle vicinanze. Non c'è nulla di particolarmente minaccioso, così decido di lasciarla andare. Sembra essere persa nei suoi pensieri, mentre guarda l'acqua, con la fronte liscia piegata in una debole smorfia. La luce le fa brillare i capelli, e noto per la prima volta che alcune delle sue ciocche hanno una tonalità quasi biondo platino, mentre altre hanno un colore più scuro, simile al miele. Non vedo radici, però, quindi il colore dev'essere del tutto naturale.

"I tuoi genitori erano così biondi?" chiedo pigramente, facendo un passo dietro di lei. Incapace di resistere, raccolgo i suoi capelli tra le mani, meravigliato dalla loro bellezza. "Questa tonalità non si vede spesso negli adulti."

"Mia madre era come me." A Yulia non sembra dar fastidio che giochi con i suoi capelli, così continuo, facendo scorrere le dita nella massa setosa, per poi spostarla di lato per esporle il collo lungo e magro. "Il colore di mio padre era più castano sabbia, qualche tono più scuro rispetto ai tuoi capelli. Era davvero chiaro da piccolo, però."

"Capisco." Mi chino per respirare il suo profumo di pesche, ma non riesco a resistere alla tentazione di annusare il tenero punto sotto il suo orecchio destro. La sua pelle è calda e delicata sotto le mie labbra, e quando le passo i denti sul lobo dell'orecchio, sento il suo respiro accelerare. Il desiderio mi attraversa immediatamente, con il corpo che si indurisce dal desiderio.

"Yulia. . ." Lascio andare i suoi capelli per afferrarle i seni rotondi e morbidi. "Ti voglio così fottutamente tanto."

Rabbrividisce, separando le labbra con un gemito silenzioso, mentre poggia la testa sulla mia spalla e chiude gli occhi. Sarà anche preoccupata per il suo amante, ma mi vuole ancora—questo è innegabile. I suoi capezzoli sono rigidi, quando spingono nelle mie mani sotto il top, e la sua pelle pallida è diventata rosa e calda.

La notte scorsa non è stata un'aberrazione, dopo tutto. Forse Yulia non mi ha perdonato per le mie azioni, ma il suo corpo sì.

Continuando a baciarle il collo, piego le ginocchia e la tiro giù sull'erba con me. Girandola per costringerla a guardarmi, mi sdraio sulla schiena e lascio che mi cavalchi, con le mani sulle mie spalle. Gli occhi di Yulia sono aperti ora, e mi fissa mentre le tengo i fianchi e agito il bacino verso l'alto, premendo l'erezione sul suo sesso. Nonostante gli strati dei nostri abiti, è bello spingere dentro di lei, soprattutto quando vedo i suoi occhi azzurri che si scuriscono in risposta.

"Vieni qui" mormoro, spostando una mano sulla sua schiena. Piegando le dita intorno alla sua nuca, le tiro la testa verso di me e la bacio, inghiottendo il suo respiro sorpreso. Sa di fragole e di lei, con la lingua che stuzzica la mia mentre approfondisco il bacio. La spingo più forte a me, sentendo il bisogno di avvicinarla, ma i nostri vestiti ci dividono.

Con l'impazienza che cresce, smetto di baciarla per un attimo e abbasso le mani per afferrarle l'orlo del top. Con un movimento rapido, glielo tolgo, esponendo i suoi splendidi seni—seni che copre subito con le mani.

"Lucas, aspetta." Yulia rivolge un'occhiata ansiosa dietro di noi. "E se—"

"Nessuno ci darà fastidio qui." Mi allungo per afferrarle i pantaloncini. "Siamo troppo lontano dai sentieri battuti."

"Ma le guardie—"

"Le torri di guardia più vicine sono troppo lontane per poterci vedere qui." Le tiro giù la cerniera dei pantaloncini e rotolo, allungandola sull'erba. Tirandole i pantaloncini lungo le gambe, aggiungo con un sorriso oscuro: "Siamo completamente soli, bellissima."

Poi mi tolgo i vestiti, e Yulia mi guarda con un'espressione triste, quasi tormentata. Non so se si senta come se lo stesse tradendo, volendo me, ma non mi importa. Non appena sono nudo, la copro con il mio corpo e infilo le ginocchia tra le sue gambe, aprendole.

"Guardami" ordino, quando cerca di chiudere gli occhi e di girarsi dall'altra parte. Sorreggendomi sui gomiti, le prendo il viso tra le mani e ripeto: "Guardami, Yulia." Il suo sesso è a meno di un centimetro dalla punta del mio cazzo, e il desiderio sta cominciando a offuscarmi il cervello. Prima che io possa prenderla, però, ho bisogno di questo da lei.

Ho bisogno di sapere che mi appartiene.

Yulia apre gli occhi, e vedo delle lacrime. Sbatte le palpebre in fretta, come se volesse trattenerle, ma escono lo stesso, rigandole le tempie. Alla loro vista, sento qualcosa dentro di me, uno strano dolore che si risveglia nel profondo del mio petto.

"No" sussurro, chinandomi per asciugarle l'umidità. "No, tesoro. Va tutto bene. Andrà tutto bene." Il sapore del sale sulle labbra intensifica il dolore. "Non piangere. Va tutto bene. Mi prenderò cura di te."

Le sue lacrime non si fermano—continuano a uscire—e non riesco a trattenermi. La fame dentro di me è come un demone che si fa strada verso la superficie. Prendendole la bocca per un bacio profondo, spingo dentro di lei e sento la sua carne liscia che mi avvolge, stringendomi così forte che mi vengono i brividi dal violento piacere.

Si irrigidisce sotto di me, con un verso di dolore che le sfugge dalla gola, ma non mi fermo. Non posso. Il bisogno di possederla è potente e primordiale, un istinto nato nella notte dei tempi. È stata fatta per me, questa bellissima ragazza distrutta. Era destinata a essere mia. Continuando a baciarla, spingo dentro di lei, più volte, andando il più a fondo possibile, e alla fine sento le sue mani sulla mia schiena, mentre mi abbraccia, tenendomi stretto.

Stringendomi con la stessa forza con cui l'ho legata.

# Lo Strappo

# yulia

**N**ei quattro giorni seguenti, stabiliamo una nuova routine. Quando non sono legata, cucino, consumiamo i pasti insieme e passeggiamo nel bosco la mattina presto. E scopiamo. Scopiamo un sacco. È come se la consapevolezza che presto saremo lontani rendesse Lucas ancora più affamato. Mi scopa ovunque—in camera da letto, in cucina, contro un albero nella foresta—e così spesso che a fine giornata sono dolorante, con il corpo a pezzi e l'anima distrutta dalla consapevolezza di andare a letto con il nemico.

No, non per il fatto di andare a letto con il nemico—per il fatto che mi piaccia. Nonostante quello che mi dico, nonostante la mia resistenza, godo dei momenti in cui Lucas mi tocca. Forse se mi facesse di nuovo del male, sarebbe diverso, ma non lo fa. La sua passione per me è forte, addirittura violenta a volte, ma non c'è rabbia, né intenzione di ferirmi in essa. E spesso—troppo spesso per la mia sanità mentale—c'è anche la tenerezza.

È come se stesse cominciando a provare affetto per me, a volermi per qualcosa in più del sesso.

Cerco di non pensarci—di non pensare ai suoi piani per me e ai localizzatori che vuole usare, incatenandomi a lui, mentre distrugge tutto ciò che ho di più caro. Lucas non ha parlato molto dell'UUR, ma da quel poco che si è lasciato sfuggire, so che ha già messo in moto qualcosa con gli hacker. C'è una possibilità che la sua ricerca faccia scattare gli allarmi nell'agenzia e che avranno il tempo di nascondersi, ma questo non è certo. Obenko non ha mai avuto a che fare con un nemico potente e spietato come l'organizzazione di Esguerra, e c'è una possibilità molto reale che ne venga sopraffatto.

Se Lucas e il suo capo sono riusciti a eliminare Al-Quadar, è solo una questione di tempo prima che facciano lo stesso con la mia agenzia. Devo scappare, o almeno inviare un messaggio per avvertirli di quello che succederà, ma Lucas è attento al suo telefono e al portatile quanto lo è con le pistole. Forse un giorno riuscirò a intrufolarmi nel suo ufficio e decifrare la password del suo computer, ma non posso contare su questo.

C'è solo un modo per poter sperare di salvare Misha.

Devo dire a Lucas di lui.

È un passo terrificante per me. Non mi fido del mio rapitore—ha già dimostrato di poter usare le mie vulnerabilità contro di me—ma non vedo alternative. Se rimango in silenzio, Misha morirà. So che non riuscirò a far cambiare idea a Lucas per quanto riguarda la vendetta sull'UUR, ma forse sarebbe disposto a utilizzare l'influenza che ha su Esguerra per risparmiare la vita di mio fratello.

La vita quotidiana di Misha è già penalizzata, ma forse posso evitare che venga ucciso.

Prima di avvicinarmi a Lucas con la mia richiesta, decido di riparare lo strappo tra noi, di far tornare le cose com'erano prima che mi distruggesse. Lo faccio con molta attenzione per evitare di sollevare i suoi sospetti, ma la sera dopo la nostra prima passeggiata, gli rispondo con frasi complete, e il giorno dopo mi comporto quasi come se non fosse successo nulla. Faccio la doccia con lui, gli chiedo cosa vorrebbe che preparassi per cena, e ricomincio a parlargli dei libri che leggo. Gli racconto anche della mia prima terribile esperienza alla scuola di danza, quando un'insegnante disse davanti a tutta la classe che avevo il collo di uno struzzo—cosa che, naturalmente, portò gli altri bambini a chiamarmi "Struzzo" per anni.

Lucas ride sentendo quella storia, con i suoi occhi chiari che si increspano dal divertimento, e gli sorrido, dimenticando per un attimo che è mio nemico, che non sto facendo questo per davvero. È incredibilmente facile recitare la mia parte. Quando non penso all'imminente destino di Misha, mi piace davvero la compagnia di Lucas. Per essere un uomo duro, è sorprendentemente facile parlare con il mio carceriere— essendo attento e intelligente, senza essere arrogante. Anche se Lucas non ha mai frequentato l'università, è ferrato su molti argomenti e sa parlare in modo intelligente di tutto, dalla politica mondiale e il mercato azionario agli ultimi sviluppi nel campo della scienza e della tecnologia.

"Dove hai imparato tutte queste cose sugli investimenti?" gli chiedo durante una passeggiata, quando la conversazione si sposta su un libro di finanza che ho letto questa mattina. *Il Cigno Nero* di Nassim Taleb è una forte critica sulla gestione del rischio nel settore finanziario, e mi sorprende scoprire che è una delle opere di saggistica preferite di Lucas.

"Entrambi i miei genitori sono avvocati aziendali a Wall Street" dice. "Sono cresciuto con la CNBC a tutto volume in sottofondo e, al compimento del mio dodicesimo compleanno, mio padre aprì un conto di investimento per me. Diciamo che ce li ho nel sangue."

"Oh." Affascinata, mi fermo e lo fisso. "Investi anche ora?"

Lucas scuote la testa. "Ho un portfolio abbastanza grande. Non lo gestisco io, perché non ho tempo per farlo correttamente, ma il ragazzo che se ne occupa è bravo. In realtà, è anche il manager di Esguerra. Probabilmente andrò a fargli visita quando saremo a Chicago."

"Capisco." Non so perché sono sorpresa. Tutto questo ha senso. Sono a conoscenza del background di Lucas da quando ho letto il suo fascicolo. Forse pensavo di non trovare tracce dell'educazione ricevuta in lui, ma avrei dovuto aspettarmelo, soprattutto dopo aver scoperto tutti quei libri nel suo ufficio.

"Sei in contatto con loro?" chiedo. "Con i tuoi genitori, voglio dire."

"No." L'espressione di Lucas si indurisce. "Non parlo con loro."

Il suo fascicolo diceva altrettanto, ma mi chiedevo se fosse solo una copertura inventata per tenere la sua famiglia al sicuro. A quanto pare, no. Vorrei fargli altre domande, ma evito di insistere—è importante rimanere nelle grazie del mio rapitore. Per il resto della passeggiata, lascio che sia Lucas a portare avanti la conversazione, e quando ci fermiamo di nuovo vicino allo stagno, mi inginocchio per fargli un lavoretto, utilizzando tutta l'esperienza che ho.

La sua felicità è la mia priorità assoluta in questi giorni.

---

Il giorno prima della partenza di Lucas, decido che è giunta l'ora di parlargli di Misha. Per pranzo, preparo il pasto preferito di Lucas: pollo arrosto con patate e torta di mele per dessert. Inoltre, sto particolarmente attenta a spazzolarmi i capelli, finché non sono lisci come la seta, e indosso un prendisole bianco—il vestito più bello che abbia acquistato per me. Quando ci sediamo a tavola, vedo che Lucas mi sta divorando con gli occhi, e mi rendo conto che, almeno in questo, l'ho soddisfatto.

Ora devo vedere fino a che punto si estende la sua buona volontà.

Mentre mangiamo, cerco di capire quale sia il momento migliore per affrontare l'argomento. Sarà più di buon umore prima o dopo il dessert? Dovrei lasciargli finire il pollo o dovrei parlare di mio fratello adesso? Mentre rifletto, Lucas dice in tono amichevole: "Ho fatto qualche ricerca sulla tua città, Donetsk, di recente. È vero che per la maggior parte della gente del posto la lingua madre è il russo e non l'ucraino?"

Mi lascio sfuggire un sospiro di sollievo. Questo è l'argomento perfetto per quello che devo dirgli. "Sì, è vero" dico, sorridendo. "La mia famiglia parlava russo a casa. Io ho studiato l'ucraino a scuola, ma in realtà parlo meglio l'inglese dell'ucraino."

Lucas annuisce, come se avessi confermato qualcosa di cui sospettava. "Ecco perché sono venuti al tuo orfanotrofio, non è vero? Perché i bambini lì già conoscevano una delle lingue di cui avevano bisogno?"

Devo davvero sforzarmi per continuare a sorridere. Il ricordo dell'orfanotrofio e dell'UUR mi toglie l'appetito, anche se ci stiamo avvicinando all'argomento di cui voglio parlare. Spostando il mio piatto mezzo pieno da una parte, dico con tutta la calma possibile: "Sì, esatto. Io ero la candidata perfetta, perché conoscevo anche l'inglese."

"E perché sei bellissima." Lo sguardo di Lucas si raffredda inaspettatamente. "Non dimenticare quella parte."

Raccolgo il coraggio. "Forse" dico con attenzione. "Ma non sono tutti cattivi. Infatti—"

Lucas alza la mano, con il palmo fuori. "Yulia, basta. So cosa dirai."

Stordita, Lo fisso. "Davvero?"

"Vuoi che risparmi uno di loro, vero?" Gli occhi di Lucas mi ricordano ancora una volta il ghiaccio invernale. "È di questo"—muove la mano in un gesto che racchiude il tavolo—"che si tratta, non è vero? L'abito, il cibo, i bei sorrisi? Credi che io non ti legga dentro?"

Deglutisco, con il cuore che comincia a battermi forte. "Lucas—"

"No." La sua voce è dura come l'espressione sul suo volto. "Non umiliarti. Non funzionerà. Io non potrò impedirlo."

Il mio stomaco si riempie di piombo. "Che cosa intendi?"

"Esguerra non sarebbe d'accordo, e non discuterò con lui di questo."

Mi alzo, barcollando. "Ma—"

"La discussione è finita." Lucas si alza, con espressione minacciosa. "L'unica persona dell'UUR che sarà risparmiata sei tu."

Faccio un passo intorno al tavolo, con lo shock che si trasforma in terrore freddo. Non può parlare sul serio. "Lucas, per favore. Tu non capisci. Lui è innocente. Non ha nulla a che fare con questo." Gli afferro la mano, stringendola in preda alla disperazione. "Per favore, farò qualsiasi cosa se lo risparmi. Si tratta di salvare solo una persona. Tutto quello che devi fare è lasciarlo vivere—"

Lucas mi lascia andare, mettendo fine alla mia supplica. "Te l'ho detto. Non c'è niente che io possa fare per lui." Non c'è pietà sul volto del mio rapitore, nessun accenno di compassione. "Esguerra decide queste cose, non io. Mi dispiace, bellissima."

La mia visione si offusca ai lati, con il sangue che mi martella nelle orecchie. "Per favore, Lucas—" mi allungo di nuovo verso di lui, ma mi afferra il polso e mi piega il braccio verso l'alto, impedendomi di toccarlo.

"Non supplicare per lui, cazzo." Stringendomi il polso dolorosamente, Lucas mi tira a sé, e vedo l'accesa furia nelle profondità ghiacciate dei suoi occhi. "Sei fortunata a

essere viva. Non lo capisci, cazzo? Se non fossi così sexy—
"Si ferma, ma è troppo tardi.

Ho recepito il suo messaggio forte e chiaro, e i fragili residui delle mie fantasie si trasformano in polvere.

# lucas

Gli occhi di Yulia sono enormi mentre mi fissa, con il suo polso esile nella mia presa. Sembra che le abbia appena strappato il cuore, e qualcosa di simile al rimorso raffredda il velo di rabbia che mi circonda.

Lasciandole il polso, dico con un tono più calmo: "Yulia, non volevo—"

"Perché non lo fai subito?" mi interrompe, con lo sguardo inflessibile, quando fa un passo indietro. "Dai, uccidimi. Lo farai comunque. Quando non sarò più 'sexy', non è vero?"

"No, certo che no." La mia rabbia riaffiora, solo che questa volta è rivolta a me stesso. "Te l'ho detto—sei al sicuro con me."

"Non se il tuo capo mi vuole morta." Piega il labbro superiore. "Non è quello che mi hai appena detto?"

"Non è quello che intendevo." Mi maledico. Quello che ho detto su Esguerra mi sembrava una scusa come un'altra per farla smettere di supplicarmi per il suo amante, ma avrei dovuto capire che Yulia avrebbe interpretato male le mie parole. "Ti ho promesso che ti avrei protetta, e manterrò la promessa."

"Allora perché non puoi proteggere *lui*?" Il suo sguardo si riempie di disperata speranza, quando mi si avvicina di nuovo. "Ti prego, Lucas. È innocente—"

"Basta." Mi rifiuto di sentirla implorare per lui. "Non me ne frega un cazzo della sua colpevolezza o innocenza. Te l'ho detto—una persona sola. Le cose stanno così."

Mi aspetto che Yulia faccia marcia indietro, che accetti la sconfitta; invece, alza il mento, con gli occhi che sembrano carboni blu sul suo volto pallido. "Allora, risparmia *lui*. Voglio che sia Misha quella persona, non io."

*Misha.* Archivio quel nome, mentre mi si stringe il torace per una rinnovata furia.

È pronta a morire per lui—per il suo amante rammollito.

"Quello che vuoi non ha importanza." Le mie parole sono caustiche come la gelosia che mi brucia il petto. "Decido io chi vive, non tu."

Reagisce come se le avessi dato uno schiaffo. Le tremano le labbra e indietreggia, incrociando le braccia intorno alla vita.

"Yulia." La inseguo, con il suo dolore che mi dilania come una lama, ma si gira verso la finestra, mentre mi avvicino. Alzo la mano per appoggiarla sulla sua spalla, ma cambio idea all'ultimo momento. Non c'è niente che io possa inventare per farla sentire meglio, tranne l'unica cosa che non sono disposto a prometterle.

Voglio che questo Misha muoia, e non voglio lasciarmi manipolare da lei, risparmiandogli la vita.

Abbassando la mano, faccio un passo indietro e studio la figura rigida di Yulia. La mia prigioniera è ancora più bella del solito oggi, con il suo abito bianco e corto che la fa sembrare innocentemente sexy. Con i capelli che le scorrono lungo la schiena come un'elegante cascata, è la tentazione personificata—e so che lo ha fatto di proposito.

Come tutte le altre cose che Yulia ha fatto negli ultimi due giorni, il modo in cui si è vestita oggi è un tentativo di salvare il suo amante.

Quel pensiero mi riempie di una rabbia amara. Girandomi, raccolgo i resti del pasto e lavo i piatti, approfittandone per calmarmi. Yulia non si sposta dalla finestra e, quando mi avvicino, vedo che è ancora mortalmente pallida, con lo sguardo distante.

Combattendo contro l'irrazionale impulso di consolarla, mi allungo per prenderle il braccio. "Andiamo." La mia voce è calma. "Devo legarti."

E tenendole il braccio forte, porto Yulia in biblioteca.

---

Non dice una parola, mentre la lego alla poltrona, assicurandomi che le corde non le taglino la pelle. Quando ho finito, faccio un passo indietro e la guardo. "Quale libro vuoi?"

Non risponde, e ha lo sguardo fisso sul suo grembo.

"Yulia. Ti ho fatto una domanda, cazzo."

Alza la testa, con gli occhi carichi di dolore.

"Che cosa vuoi leggere?" ripeto, cercando di ignorare la sua evidente angoscia. "Quale libro?"

Distoglie lo sguardo, ma non prima che io scorga un barlume di umidità nei suoi occhi.

*Fanculo.*

"Va bene, come vuoi." Prendo un thriller a caso dagli scaffali e glielo metto sul grembo. "Tornerò prima di cena."

Yulia non risponde alle mie parole, e me ne vado prima che la furia dentro di me prenda il sopravvento.

# yulia

**N**on me ne frega un cazzo della sua colpevolezza o innocenza. Non sono io a decidere. Se tu non fossi così sexy...

Le parole di Lucas riecheggiano nella mia mente, si ripetono più volte, fino alla nausea. È stato così freddo, così crudele. È come se le ultime due settimane non fossero mai esistite, come se il tempo passato insieme non avesse significato niente per lui.

Il mio cuore sembra essere a pezzi, con il dolore così intenso da soffocarmi. Faccio respiri poco profondi, cercando di attenuare la sofferenza, ma sembra solo crescere ed espandersi, sprofondando nel mio petto.

Ho fallito. Ho tradito mio fratello. Tutto quello che ho fatto dal momento in cui mi si è avvicinato Obenko nell'orfanotrofio è stato per Misha, e ora ho rovinato tutto.

L'uomo in cui avevo riposto le ultime speranze è un mostro spietato, e io sono un'ingenua.

*Non umiliarti. Non funzionerà.*

In qualche modo, Lucas sapeva di mio fratello. Sapeva che gli avrei chiesto di salvare la vita di Misha. Sapeva che stavo cercando di addolcirlo tutti questi giorni, e mi ha permesso di farlo.

Ha preso tutto quello che avevo da dare, e poi ha trafitto il mio cuore con un coltello.

Un'amara risata mi sfugge, quando penso alla genialità del suo sadico piano. Devo ammettere che il concetto di vendetta che ha Lucas Kent è straordinario. Nessuna tortura fisica mi avrebbe mai fatto tanto male quanto il suo deciso rifiuto di salvare mio fratello.

La mia risata si trasforma in un singhiozzo, e deglutisco, soffocando quel verso. Persino alle mie orecchie sembro pazza, isterica. La terapeuta dell'agenzia aveva ragione. Non sono tagliata per fare questo lavoro. Non sono come Lucas o Obenko.

Non ho quello che ci vuole per rimanere sufficientemente distaccata.

"La tua fedeltà verso tuo fratello è ammirevole, ma è anche la tua più grande debolezza" mi ha detto Obenko, un paio di mesi dopo l'inizio dell'addestramento. "Hai così a cuore Misha perché è una parte del tuo passato, ma non puoi più avere un passato. Non puoi avere una famiglia. Devi accettarlo o non riuscirai ad affrontare questa vita. Ci saranno periodi in cui dovrai avvicinarti alle persone senza farle avvicinare a te. Dovrai controllare le tue emozioni. Pensi di esserne capace?"

"Certo che sì" ho risposto in fretta, temendo che mi cacciasse dal programma e che rimettesse mio fratello in orfanotrofio. "Il fatto che io ami Misha non significa che mi legherei a chiunque altro."

E ho lavorato duramente per dimostrarlo. Sono stata gentile con gli altri allievi, ma senza diventare loro amica. Stessa cosa con gli istruttori. Ho mantenuto la distanza emotiva da tutti loro. Anche dopo l'incidente con Kirill, ho fatto del mio meglio per affrontare il trauma da sola.

Ero un'allieva brava e diligente, tanto che Obenko mi ha dato l'incarico di Mosca meno di un anno dopo l'aggressione di Kirill.

Un'altra risata soffocata mi sfugge dalla gola. Ingoio il verso isterico, ma non riesco a controllare le lacrime che mi rigano le guance. Credevo di essere brava nel mio lavoro. Sorridevo e flirtavo con i miei amanti assegnati, ma non mi sono mai innamorata di loro. Perfino con Vladimir, che mi ha fatto scoprire il piacere sessuale, sono rimasta fredda e distaccata. Non mi importava di nessuno, ad eccezione di mio fratello.

Finché non ho conosciuto Lucas.

Nel tentativo di avvicinarmi al mio rapitore, mi sono aperta troppo. Ho perso il controllo delle mie emozioni. Ho lasciato che un uomo spietato e infido si avvicinasse a me, e lui ha sfruttato quella vicinanza per riservarmi la punizione più crudele.

Ha scoperto il miglior modo per distruggermi.

# lucas

Ho tantissime cose da fare prima della nostra partenza fissata per domani mattina, ma vado in palestra perché non riesco a concentrarmi su niente, con i pensieri occupati da Yulia e dal dolore nel suo sguardo.

Mentre prendo a pugni il sacco da boxe, cerco di togliermi dalla testa le immagini di lei seduta lì, così distante e ferita. Mi guardava come se l'avessi tradita—come se le avessi fatto del male oltre ogni immaginazione.

Faccio ondeggiare il sacco da una parte all'altra, mentre ci sbatto i pugni, menando colpi uno dopo l'altro. L'idea che si senta tradita da *me* mi fa venir voglia di ridurre qualcuno in poltiglia. Che cazzo si aspettava? Che mi avrebbe fatto un paio di pompini e sarei stato felice di salvare il suo amante? Che non avrei messo in dubbio il suo desiderio di salvare la vita di questo Misha?

Un innocente, l'ha chiamato, come se questo avesse importanza per me. Per quanto mi riguarda, quell'uomo merita di morire solo per averla toccata. Inoltre, fa parte dell'UUR, quindi sarà fortunato se lo uccido in fretta.

"Lucas. Ehi, amico. Hai quasi finito?"

La domanda di Diego interrompe le mie insensate fantasticherie. Asciugandomi il sudore dalla fronte, mi giro per vedere il giovane messicano, con i guanti già infilati. Dietro di lui ci sono altre due guardie che aspettano il loro turno.

A giudicare dagli sguardi sui loro volti e dal dolore alle mie nocche, devo aver tirato fuori la rabbia per un bel po' di tempo.

"È tutto vostro" dico, sforzandomi di allontanare il sacco da boxe. "Prego."

Mentre lascio la palestra, prendo in considerazione l'idea di tornare a casa per fare la doccia, ma non sono ancora abbastanza calmo per poter affrontare Yulia. Così, mi dirigo verso la residenza di Esguerra per utilizzare la doccia della piscina. Lì, conserva una scorta di magliette, in caso di imprevisti, e ne afferro una per cambiarmi, indossando qualcosa di pulito.

Mi sciacquo in fretta, e mentre infilo i pantaloncini e una T-shirt pulita, intravedo una familiare figura con i capelli scuri che si affretta verso casa.

Rosa.

Mi ero completamente dimenticato della domestica. Deve avermi preso in parola, perché non l'ho più rivista dal giorno della nostra discussione nella cucina di Esguerra. Spero di non aver ferito troppo quella ragazza, ma non potevo comportarmi diversamente. Non volevo che stesse in agguato a spiare Yulia.

Sentendomi un po' più calmo dopo il mio duro allenamento, mi dirigo verso l'ufficio di Esguerra per una telefonata all'agenzia di intelligence israeliana.

---

Passiamo le due ore successive a parlare con il Mossad dei recenti sviluppi in Siria e nel resto del Medio Oriente. Durante il corso della telefonata, prendo in considerazione l'idea di riferire a Esguerra quello che ho scoperto sull'UUR, ma decido che non è il momento giusto. Parlerò con lui di Yulia e della sua agenzia quando torneremo da Chicago. Al nostro ritorno, dovrei avere informazioni più concrete, visto che gli hacker stanno finalmente spulciando tra i dati codificati nei fascicoli del governo ucraino.

Dopo la telefonata, io ed Esguerra ci occupiamo della logistica dell'ultimo minuto per il viaggio di domani.

"Quando atterreremo, andremo direttamente a casa dei genitori di Nora" dice Esguerra. "Vogliono vederla subito, anche se questo significasse una cena a notte fonda."

Ho smesso da tempo di interrogarmi sulla follia di questo viaggio, così dico semplicemente: "Va bene. Comunicherò i dettagli alle guardie domani sera per assicurarmi che sappiano tutti cosa fare."

"Bene." Esguerra si ferma un attimo. "Sai che Rosa verrà con noi, vero?"

In realtà non lo sapevo. "Davvero? Perché?"

"Nora vuole la sua compagnia."

"Va bene." Non vedo come questo cambi qualcosa. A meno che. . ." Devo portare degli uomini in più per tenerla sotto controllo o sarà con te e Nora per la maggior parte del tempo?"

"Sarà con noi." Esguerra sembra vagamente divertito. "Va bene, allora, a quanto pare è tutto a posto. Ci vediamo sull'aereo domani."

"Ci vediamo" dico, e mi dirigo verso le caserme delle guardie per il mio incontro con Diego ed Eduardo—le due guardie che nominerò come carcerieri di Yulia in mia assenza.

———————

"Ricapitoliamo" dico a Eduardo, dopo aver consegnato a lui e a Diego l'elenco completo delle istruzioni relative alla mia prigioniera. "Quante volte verrete a casa per farla andare al bagno e farle allungare le gambe?"

Il colombiano alza gli occhi. "Tre volte, e la lasceremo libera durante i pasti. Abbiamo capito, Kent, te lo giuro."

"E che cosa farete se cercherà di scappare?"

"La legheremo, ma non le faremo del male" dice Diego, contraendo le labbra dal divertimento. "Devi rilassarti, amico. Abbiamo capito. Non le torceremo un capello, se non per assicurarci che non vada da nessuna parte. Avrà i suoi libri, i suoi spettacoli televisivi, e sì, la porterò fuori per una passeggiata una volta al giorno."

"E terremo la bocca chiusa su tutta la faccenda" aggiunge Eduardo, ripetendo a pappagallo le mie parole esatte. "Nessuno scoprirà nulla sul conto della tua principessa spia."

"Bene." Rivolgo alle guardie uno sguardo duro. "E il cibo?"

"Le porteremo i prodotti dalla casa principale e la lasceremo cucinare" dice Diego, sorridendo apertamente ora. "Sarà la prigioniera più nutrita e curata della storia."

Ignoro la sua ironia. "E di notte?"

"Legherò il suo polso al palo in metallo fissato accanto al letto" dice Eduardo. "E non la sfiorerò. Mi comporterò come se fosse un sacco di patate—ma uno davvero importante" aggiunge rapidamente, quando stringo la mano in un pugno. "Davvero, Kent, sto solo scherzando. Ci prenderemo cura della tua ragazza, te lo prometto. Sai che puoi fidarti di noi."

Lo so. Ecco perché ho scelto proprio loro per questo compito. Entrambe le guardie hanno lavorato qui negli ultimi due anni, e hanno dimostrato la loro fedeltà. È probabile che trovino i miei ordini divertenti, ma faranno quello che ho detto.

Yulia sarà al sicuro con loro.

"Va bene" dico, annuendo. "Allora, ci vediamo domani mattina. Sarete a casa mia alle nove in punto."

E lasciando le caserme delle guardie, vado al campo di allenamento per controllare le nostre nuove reclute.

# yulia

**N**on so quanto tempo passi prima di riuscire a controllare le lacrime, ma quando apro il libro che Lucas mi ha lasciato, il sole fuori sta già tramontando. Fisso le parole sulla pagina aperta, ma il testo si appanna e le lettere si confondono davanti ai miei occhi gonfi.

Ho tradito mio fratello. Verrà ucciso per colpa mia.

Cerco di concentrarmi sul libro, di scacciare quella devastante consapevolezza, ma non riesco a pensare ad altro. I vecchi ricordi riaffiorano, e chiudo gli occhi, troppo stanca per respingerli.

*"Da' un'occhiata a tuo fratello" implora mia madre, con gli occhi azzurri carichi di preoccupazione. "Controllalo prima di andare a dormire, va bene? Mi è sembrato che avesse un po' di febbre prima, quindi se ha la fronte troppo calda, chiamaci, va bene? E non aprire la porta a nessuno che non conosci."*

"*Non lo farò, Mamma. So cosa devo fare.*" Avrò circa dieci anni, ma non è la prima volta che resto da sola con Misha, mentre i miei genitori si precipitano al capezzale di mio nonno. "*Mi prenderò cura di lui, te lo prometto.*"

*Mamma mi bacia sulla fronte, con il suo profumo floreale che mi inebria le narici. "So che lo farai" mormora, facendo un passo indietro. "Sei la mia ragazzina meravigliosa." Il suo viso è rigido per lo stress, ma il sorriso che mi rivolge è carico di calore. "Torneremo non appena tuo nonno si starà stabilizzato un po'."*

"*Lo so, Mamma.*" Ricambio il sorriso, inconsapevole del fatto che la mia vita sta per cambiare per sempre. "*Va' da nonno. Mi prenderò io cura di Misha, te lo prometto.*"

E cercai di fare esattamente questo. Quando i poliziotti vennero nel nostro appartamento la mattina seguente, non li lasciai entrare finché non mi mostrarono le immagini dei corpi dei miei genitori nella camera mortuaria, ridotti male e insanguinati dopo l'incidente d'auto. Insistetti affinché mio fratello rimanesse con me, quando i servizi per l'infanzia cercarono di separarci, sostenendo che un bambino di due anni non avrebbe dovuto partecipare al funerale dei suoi genitori. E quando Vasiliy Obenko mi si avvicinò nell'orfanotrofio un anno dopo, dicendomi che sua sorella e il marito avrebbero adottato Misha, se mi fossi unita alla sua agenzia, non esitai.

Dissi al capo dell'UUR che avrei fatto qualsiasi cosa, se avessero garantito a mio fratello una vita normale e felice.

Aprendo gli occhi, cerco di concentrarmi nuovamente sul libro, ma in quel momento un lampo di movimento nella visione periferica cattura la mia attenzione. Sorpresa, alzo gli occhi e vedo una donna con i capelli scuri in mezzo alla biblioteca di Lucas.

Rosa, mi rendo conto, con il cuore che mi batte forte.

"Che cosa ci fai qui? Come hai fatto a entrare?" Non riesco a nascondere il sottofondo di panico nella mia voce. Ho le manette alle mani, e sono legata alla sedia con uno spesso strato di corde. Se vuole farmi del male, non potrò fermarla.

Rosa tira su un mazzo di chiavi. "Nella casa principale abbiamo una chiave di riserva per ogni edificio di questa tenuta, case private comprese."

Non vedo armi su di lei, il che mi rassicura un po'. "Va bene, ma perché sei qui?" chiedo, con un tono più calmo.

"Volevo vederti" dice. "Domani, partiremo per due settimane. Andremo a Chicago per far visita alla famiglia di Nora."

"La famiglia di Nora?"

"La moglie del Señor Esguerra" chiarisce Rosa.

Corrugo la fronte, confusa. Ora ricordo che Nora è la ragazza americana che Esguerra ha rapito e sposato. Lucas non mi ha detto il motivo della sua partenza, ma credevo che si trattasse di un viaggio d'affari. Non sapevo che il sadico capo di Lucas avesse dei rapporti con i propri suoceri.

"Comunque" continua Rosa: "Volevo vederti di persona prima di partire."

La mia confusione si intensifica. "Perché?"

Rosa si avvicina. "Perché credo che non dovresti stare qui." Ha le mani congiunte davanti al suo vestito nero. "Perché questo non è giusto."

"Che cosa non è giusto?" Vuole appendermi per qualche tortura come ha lasciato intendere prima?

"Tu. Tutto questo." I suoi occhi castani mi studiano. "È sbagliato che Lucas ti tenga qui in questo modo. Che ti lasci qui con Diego ed Eduardo. Sono bravi ragazzi, tutti e due. Amano giocare a poker."

"Poker?" Non sto capendo niente.

Rosa annuisce. "Giocano con le guardie delle Torre Nord Numero Due. Ogni giovedì pomeriggio dalle due alle sei."

"Davvero?" Il mio battito accelera di nuovo. Rosa mi sta davvero dicendo quello che credo mi stia dicendo?

"Sì" dice senza problemi. "Non è un problema perché i droni pattugliano il perimetro intorno alla tenuta, e ci sono sensori di calore e movimento dappertutto. Qualsiasi cosa si avvicini al confine della proprietà, che sia piccola o grande, viene scansionata ed esaminata dal nostro software di sicurezza, e le guardie vengono avvisate se il computer pensa che ci sia un problema."

Il cuore ora mi batte come un tamburo frenetico. "Ho capito." *Qualsiasi cosa si avvicini*, ha detto. Questo significa che il computer ignora le cose che vanno nella direzione opposta. "Quanto dista il confine settentrionale della tenuta da qui?"

Rosa esita e maledico la mia schiettezza. Chiaramente vuole fingere che stia semplicemente chiacchierando con me, e che stia divulgando informazioni per caso.

"Due miglia e mezzo" dice alla fine, e tiro un sospiro di sollievo. Non l'ho spaventata, dopo tutto. "C'è un fiume che segna il confine" continua, senza più fingere. "Più a ovest, una stradina attraversa il fiume. Conduce a nord verso Miraflores. Di tanto in tanto, ci arrivano delle consegne su quella strada." Fa una pausa, poi aggiunge: "La prossima consegna è prevista per giovedì prossimo alle tre del pomeriggio."

"Giovedì alle tre" ripeto, non riuscendo a credere alla fortuna che ho avuto. "Cioè, questo giovedì pomeriggio. Dopodomani."

Annuisce. "Riceveremo alcuni prodotti alimentari."

"Va bene." La mia mente corre veloce, alla ricerca di potenziali ostacoli. "Che mi dici—"

"Devo andare ora" dice Rosa, avvicinandosi ancora di più. "Lucas tornerà a casa presto." Strofina le dita sul libro che sto stringendo, e la sua mano tocca la mia per un attimo. "Ciao, Yulia" dice con calma prima di voltarsi e correre via.

Stordita, guardo giù e vedo due piccoli oggetti sul mio libro.

Una lama di rasoio e una forcina.

# 27

# Lucas

$\mathcal{S}$ono passate le otto, quando torno a casa. Con mio grande sollievo, Yulia sta leggendo tranquillamente sulla sua poltrona, quando entro nella biblioteca.

"Mi dispiace per averci messo così tanto" dico, avvicinandomi alla sedia per slegarla. "Devi essere affamata—per non parlare del bisogno di andare al bagno."

Mi guarda, e vedo che i suoi occhi sono leggermente arrossati, come se avesse pianto. Non dice niente, ma non mi aspetto che lo faccia. Ho il forte sospetto che durante la cena di stasera non sarà particolarmente loquace.

Chinandomi, la slego e l'aiuto a scendere dalla poltrona, ignorando il modo in cui si irrigidisce al mio tocco.

"Vieni. Si sta facendo tardi." Determinato a tenere la rabbia sotto controllo, la conduco al bagno.

Aspetto che Yulia vada al bagno, e poi la porto in cucina. Speravo che avrebbe preparato la cena nonostante la collera, ma si siede davanti al tavolo e guarda dritto davanti a sé.

"Va bene" dico, senza mostrare la mia irritazione. "Puoi sederti se vuoi. Scalderò alcuni avanzi."

Non risponde e non si muove nemmeno, mentre apparecchio e preparo tutto. Per fortuna, il pollo e le patate che ha preparato per pranzo sono squisiti, anche dopo essere stati riscaldati nel forno a microonde.

Visto l'umore di Yulia, mi aspetto che non mangi, ma inizia a scavare nel cibo non appena le metto il piatto davanti.

Credo che la sua fame sia più forte della collera che prova per me.

Consumiamo il pollo in silenzio; poi taglio per entrambi una fetta di torta di mele come dessert. Sto per mettere la fetta di Yulia nel suo piatto, quando mi sorprende, dicendo: "Per me no, grazie. Sono sazia."

"Va bene." Nascondo la mia soddisfazione nel risentirla parlare. "Vuoi un tè?"

Annuisce e si alza in piedi. "Lo preparerò io."

Con quei movimenti aggraziati e abili che ho imparato a conoscere, prepara due tazze e le porta al tavolo. Mettendone una davanti a me, si siede al tavolo e soffia sul suo tè per farlo freddare. Faccio lo stesso prima di berne un sorso. Il liquido è caldo e leggermente amaro, ma non sgradevole. Riesco quasi a capire perché a Yulia piaccia così tanto.

Non parliamo mentre beviamo il tè, ma il silenzio non sembra teso come prima. Mi fa sperare che questa serata non sarà un disastro totale.

Dopo aver finito il tè, mi occupo di ripulire, mentre Yulia mi guarda, con un'espressione indecifrabile. Mi odia? Vorrebbe pugnalarmi con la prima forchetta che trova? Spera che io non torni da questo viaggio?

Quel pensiero è più che sgradevole.

Scacciandolo, finisco di lavare i piatti e mi avvicino a Yulia. "Ho ordinato a due guardie di vegliare su di te durante la mia assenza" dico. "Diego ed Eduardo. Conosci già Diego—è quello che ti ha fatta scendere dall'aereo."

"Sì, me lo ricordo." La voce di Yulia è calma, quando si alza in piedi. "Sembra un bravo ragazzo."

"Lo è—così come Eduardo." Mi fermo davanti a lei. "Si prenderanno cura di te."

"Mi terranno prigioniera, vuoi dire" dice, guardandomi.

"Chiamalo come vuoi." Alzo la mano per prenderle una ciocca di capelli. "Si assicureranno che tu abbia tutto il necessario."

Annuisce e fa un piccolo passo indietro, con le ciocche setose che mi scivolano dalle dita. "Va bene."

"Vieni." Le prendo il polso prima che si allontani dalla mia portata. "Andiamo a letto. Devo svegliarmi presto."

Si irrigidisce, ma mi permette di condurla al bagno senza discutere. La lascio entrare per fare una doccia— io l'ho fatta prima, quindi non ne ho bisogno—e poi la porto in camera da letto. Non appena entriamo nella stanza, il mio cazzo si contrae dall'attesa e delle immagini erotiche mi riempiono la testa.

Soffocando l'improvviso impulso lussurioso, mi fermo accanto al letto e mi giro per guardare Yulia. Lasciandole andare il polso, le prendo il viso tra le mani, lisciandole le ciocche di capelli vaganti con i pollici. Non si muove; mi guarda in silenzio, con gli occhi azzurri grandi e tristi sul viso delicato.

"Yulia. . ." Non so cosa posso dirle, come sistemare la situazione, ma devo provare. Il pensiero di partire per due settimane, mentre le cose tra noi sono così tese è insopportabile. "Non deve andare così" dico a bassa voce. "Può andare. . . meglio."

Sbatte le palpebre, come se l'avessi spaventata con le mie parole, e vedo una nuova patina di umidità nei suoi occhi. "Di cosa stai parlando?" sussurra, stringendo le mani intorno ai miei polsi. "Non è questo che volevi? Farmi del male? Punirmi?"

"No." Le permetto di allontanare le mie mani dal suo viso. "No, Yulia. Non voglio farti del male, credimi."

Solleva le sopracciglia, lasciandomi andare i polsi. "Allora, come puoi—"

"Non voglio più discutere di questo. Basta. Volteremo pagina. Hai capito?" Le parole mi escono involontariamente dure, e la vedo sobbalzare, mentre fa un passo indietro.

Faccio un respiro profondo. La gelosia continua a infuriare dentro di me, ma sono determinato a non lasciarle rovinare la nostra ultima notte insieme. Sforzandomi di muovermi lentamente, mi tolgo la maglietta e la lascio cadere sul pavimento, poi tolgo le scarpe, i pantaloncini e la biancheria intima. Yulia mi guarda, con le guance che assumono una delicata sfumatura di rosa, quando il suo sguardo si sofferma sulla mia crescente erezione. Con mio grande sollievo, vedo le punte indurite dei suoi capezzoli attraverso il tessuto bianco del suo vestito.

Mi odierà pure, ma mi vuole ancora.

"Vieni qui." Non potendo più aspettare, mi allungo verso di lei, afferrandola per le piccole spalle. È rigida, quando la tiro verso di me, ma vedo la vena che le pulsa alla base della gola. Non è affatto immune alla mia presenza, e ho intenzione di approfittarne.

In un modo o nell'altro, stanotte Yulia non penserà al suo amante.

Piego la testa, volendo assaporare le sue morbide labbra, ma all'ultimo momento, gira la testa e la mia bocca le sfiora la mascella. La sento rabbrividire, e poi si libera della mia presa e si allontana. Il suo petto è ansante e il suo viso è arrossato, con gli occhi che brillano mentre mi fissa.

"Non posso—" La voce di Yulia si incrina. "Non posso farlo, Lucas. Non dopo—"

"Smettila." L'indesiderata gelosia riaffiora, con la bocca dello stomaco che brucia dalla rabbia, mentre la inseguo. "Ti ho detto che non voglio parlare di questo."

Comincia a indietreggiare. "Ma—"

"Non dire un'altra parola." La sua schiena urta contro il comò, e chiudo la restante distanza tra noi, intrappolandola. Mettendo i palmi sul comò, su entrambi i lati della sua testa, mi avvicino, inebriandomi del suo profumo delicato. Qualunque oscura fantasia io abbia mai avuto mi attraversa la mente, e la mia voce si indurisce, quando le sussurro in un orecchio: "Ne ho abbastanza di questo. Sei mia ora, ed è giunto il momento che tu sappia che cosa significhi."

# yulia

Il calore umido del respiro di Lucas sul mio orecchio mi fa tremare, con le cosce che si contraggono convulsamente per contenere il crescente dolore tra loro. Il tradimento del mio corpo si aggiunge al tumulto nella mia mente. Credevo che avrei dovuto sforzarmi per sopportare il suo tocco, ma la repulsione è l'ultima cosa che provo.

Pur sapendo che è un mostro senza cuore, non riesco a smettere di volere Lucas.

Mi sfiora la mascella con la bocca, tenendomi in gabbia contro il comò, e il battito del mio cuore accelera, mentre la dura lunghezza del suo cazzo spinge sulla mia pancia. "Non farlo" sussurro, con le mani strette a pugno lungo i fianchi. Sento il calore del suo corpo potente che mi circonda, spingendo su di me, e mi si contorce lo stomaco per un mix di paura, vergogna e desiderio. "Ti prego. . . Lasciami andare."

Lucas ignora le mie parole, muovendo la mano destra sulla mia spalla. Agganciando le dita sotto la cintura del mio vestito, la tira giù. La sua bocca è sul mio collo ora, stuzzicandolo e mordicchiandolo, e la mia eccitazione cresce, mentre fa scivolare la mano sotto il corpetto e mi afferra il seno, con il ruvido bordo del suo pollice sul mio capezzolo.

Il calore esplode nel mio intimo, con l'eccitazione che si intensifica, anche se il disgusto che provo per me stessa mi riempie il petto. Non voglio provare questo per il mio crudele rapitore. Non mi oppongo, perché non posso rischiare di compromettere la mia fuga imminente, ma questo non dovrebbe piacermi.

Non dovrei desiderare l'uomo che ha in programma di uccidere mio fratello.

Come se mi leggesse nel pensiero, Lucas alza la testa per guardarmi. Scorgo la lussuria nel suo sguardo e qualcos'altro—qualcosa di oscuro e intensamente possessivo.

"No, bellissima" mormora, con la mano ancora sul mio seno. "Non ti lascerò andare."

Comincio a rispondere, ma abbassa la testa e poggia la bocca sulla mia. Mi prende la nuca con la mano sinistra, tenendomi ferma, e sposta la mano destra verso il basso per tirarmi su la gonna. Con uno strattone, strappa via il tanga. Mi rendo conto a malapena di quell'atto; il suo bacio è troppo vorace, troppo sconvolgente. Le sue labbra e la lingua mi tolgono il fiato, e devo davvero sforzarmi per ricordare il motivo per cui non dovrei volerlo. Disperata, metto i palmi sul comò dietro di me per evitare di raggiungerlo. È una piccola vittoria e non dura a lungo.

Continuando a divorarmi la bocca, Lucas si gira, trascinandomi con sé, e comincia a condurmi verso il letto.

Le parti posteriori delle mie cosce colpiscono il bordo del letto, e poi sono di schiena, con il vestito tirato su sopra la vita e Lucas chino su di me. Sembra affamato e gli brillano gli occhi. Prima che io possa riprendermi dal bacio, mi afferra le ginocchia, allargandole, e scende dal letto per accovacciarsi tra le mie gambe aperte.

"No, ti prego, questo no." Cerco di indietreggiare, ma Lucas mi tiene ferma, avvicinandomi al bordo del letto. Le sue labbra si contraggono per un sorrisetto ironico—capisce perché non voglio questo piacere—e poi affonda la testa tra le mie cosce e passa la sua lingua calda e umida sulla fessura.

Il piacere che provo è quasi brutale. Tutto il mio corpo si inarca, mentre aggredisce il mio clitoride e comincia a succhiarlo con spinte ritmiche e morbide. Ansimando, cerco di chiudere le gambe, di allontanarmi dall'erotico tormento, ma la stretta di Lucas è inattaccabile e il suo ritmo non ha esitazioni. Sento la scivolosità della mia eccitazione, e i miei capezzoli si induriscono, con l'insopportabile pressione che cresce dentro di me, intensificandosi attimo dopo attimo.

Accelera il ritmo dei suoi movimenti di suzione, stringendo le labbra sul mio clitoride a ogni spinta, e un grido soffocato mi sfugge dalla gola, mentre sento l'orgasmo avvicinarsi. *L'assassino di mio fratello. . .* Quelle parole mi frullano nella testa, man mano che il mio corpo comincia a contrarsi dall'estasi.

"No, fermo!" Senza riflettere, scatto a sedere e mi giro di lato con tutte le mie forze, liberandomi dalla sua presa sulle mie cosce. La repentinità della mia resistenza prende Lucas alla sprovvista, e riesco ad atterrare in ginocchio quasi dalla parte opposta del letto, prima che salti anche lui, chiudendo le dita intorno alla mia caviglia all'ultimo secondo.

Agendo d'istinto, mi volto e gli do un calcio, puntando al suo viso, ma lui salta di lato, schivando il calcio. Prima che io possa riprovare, mi afferra l'altra caviglia e mi trascina sul letto verso di lui.

"Ma che cazzo ti prende, Yulia?" Controllando le mie gambe agitate con le sue ginocchia, Lucas mi blocca e mi cattura i polsi per allungarmi le braccia lungo i fianchi. Il suo volto è rigido dalla rabbia, con gli occhi socchiusi come fessure. "Sei così pazza di lui?"

Lo fisso, respirando a fatica. Il corpo mi palpita per l'eccitazione frustrata, e un tossico cocktail di paura, adrenalina e rabbia mi ribolle nel petto. Combattere Lucas è stata una mossa stupida da parte mia, ma venire nelle sue braccia sarebbe stato un tradimento orribile nei confronti di mio fratello. "Certo che sì" ribatto, non riuscendo a trattenermi. "Che cazzo ti aspettavi?"

Lucas stringe le dita intorno ai miei polsi. "Non è più nessuno per te ormai." La rabbia brilla nei suoi occhi. "Nessuno. Appartieni a *me* ora, hai capito?"

Guardo il mio rapitore a bocca aperta, senza capire. Come può aspettarsi che dimentichi mio fratello? So che Lucas è possessivo, ma questa esigenza rasenta la follia.

Prima che io possa riordinare i miei pensieri, il volto di Lucas si indurisce. Muovendosi in fretta, trascina il mio braccio destro sul mio corpo, unendo il polso destro a quello sinistro. Finisco di fianco, con i polsi stretti nella sua mano sinistra, mentre si allunga verso il comodino, con il suo peso che mi schiaccia sul materasso. L'aria mi esce dai polmoni, ma un attimo dopo, si alza, alleviando la pressione sul mio petto. Tenendomi i polsi con la mano sinistra, Lucas incombe su di me, con la parte inferiore del corpo che mi immobilizza—e, nella sua mano destra, vedo il motivo della sua azione.

Ha preso un rotolo di corda dal comodino.

Un brivido mi fa accapponare la pelle, con il desiderio attutito da un aumento di paura. "Che cosa stai facendo?" Le parole mi escono in un frenetico sussurro supplichevole. "Lucas, non serve. Non mi opporrò più."

Ma è troppo tardi. Sta già avvolgendo la corda intorno ai miei polsi, e la vecchia ansia riaffiora, soffocandomi con i ricordi di Kirill. Il paralizzante terrore del passato mi travolge, ma in quel momento, Lucas si china e mi sussurra in un orecchio: "Non ti farò del male—ma te lo farò dimenticare."

Mi lascio sfuggire un respiro tremante, con le sue parole che mi danno quel minimo di rassicurazione di cui ho bisogno per rimanere nel presente. Non che la mia ansia si plachi; quello che sta facendo e dicendo è più che folle. Comincio a lottare di nuovo, cercando disperatamente di scappare, ma è troppo forte. Ignorando i miei tentativi, Lucas lega la corda stretta intorno ai miei polsi e si abbassa per afferrarmi le caviglie. Mentre lo fa, solleva leggermente il peso dalle mie gambe, e riesco a dargli un calcio sul fianco prima che mi afferri le caviglie.

"Oh no, non te lo permetterò." La sua voce è un ringhio basso, quando mi tira su le caviglie, piegando il mio corpo a metà. Lo colpisco con le mani legate, ma non ho molta forza, e il colpo gli sfiora la spalla, mentre mi stringe i polpacci nell'incavo del suo braccio muscoloso. Con le mani libere, lega l'altra estremità della corda alle mie caviglie. I suoi movimenti sono rapidi e sicuri, assolutamente spietati. In una manciata di secondi, mi lega come un tacchino, con le caviglie e i polsi legati insieme davanti al mio corpo. Con l'abito tirato su e senza più biancheria intima, la parte inferiore del mio corpo è completamente esposta.

La vulnerabilità della mia posizione spinge la frequenza cardiaca così in alto che mi gira la testa. Il sangue mi martella nelle orecchie con un rombo tonante, mentre Lucas mi mette i polsi e le caviglie legate sopra la testa, allungando i muscoli posteriori della mia coscia oltre il limite. Lega la corda al palo di metallo che aveva fissato accanto al letto e si sposta in basso, sul mio corpo piegato in due. Le sue mani mi afferrano le cosce tremanti, e vedo che mi sta guardando—che sta guardando la mia figa spalancata e il mio sedere.

"Che cosa stai facendo?" Riesco a malapena a respirare per il crescente panico nel mio petto. "Lucas, che cosa stai facendo?"

Alza lo sguardo per incontrare il mio, con i suoi occhi che bruciano dal calore selvaggio. "Quello che voglio, piccola. Quello che voglio, cazzo."

E abbassando la testa tra le mie gambe, ricomincia a succhiarmi il clitoride.

# lucas

Il suo sapore è inebriante, insopportabilmente erotico. La sua figa è grondante di crema, e il suo caldo profumo femminile mi fa lacrimare il pene di liquido pre-eiaculatorio. Voglio spingere dentro di lei, sentire la sua figa stretta e bagnata che mi culla, ma voglio anche qualcos'altro—qualcosa che Yulia mi ha negato finora.

Prima, però, devo finire quello che ho cominciato. Ignorando il desiderio che brucia dentro di me, le succhio il clitoride con lo stesso ritmo che prima l'ha portata al culmine. L'ho sentita iniziare a contrarsi prima di cominciare a lottare, e so che l'avrei avuta un secondo dopo. Si è lasciata prendere dal panico— probabilmente perché non voleva *tradirlo*—ma non ho intenzione di tollerare certi atteggiamenti.

Stasera verrà, più e più volte, finché il suo amante non sarà che un lontano ricordo.

Ci metto meno di un minuto per portare Yulia al limite questa volta; è già bagnata, con la sua carne rosa, gonfia e sensibile per le mie precedenti attenzioni. Mi supplica, implorandomi di lasciarla andare, ma insisto fin quando sento la sua figa che si contorce sotto la mia lingua e la sento gridare dall'orgasmo.

Poi ricomincio, facendo scorrere il dito nel suo canale per stimolarla, mentre le lecco il clitoride. Viene in fretta, con i succhi che mi coprono la mano, e ricomincio a stuzzicarla per il terzo eccitamento, anche se il mio cazzo è pronto a scoppiare.

"Basta" geme, quando spingo due dita nel suo calore umido, trovando il punto che la fa impazzire. "Ti prego, Lucas, basta. . ."

Ma non ho ancora finito. Neanche lontanamente. Utilizzando le due dita per scoparla, chiudo di nuovo le labbra intorno al suo clitoride. Le mie dita spingono con durezza e velocità, e le sue grida aumentano attimo dopo attimo. Sento le sue pareti interne che si contraggono per un altro orgasmo, ma non mi fermo. Continuo finché non la sento venire di nuovo—e poi tiro fuori l'abbondante umidità dalla sua figa e la spalmo sulla piccola apertura del buco del suo culo.

Non reagisce in un primo momento; resta sdraiata lì con il viso arrossato e gli occhi chiusi, mentre cerca di riprendere fiato. Con le caviglie legate ai polsi e la figa bagnata e gonfia, è l'epitome della sensualità indifesa. Generalmente non mi piace il bondage, ma legare Yulia è diverso. Non si tratta di perversione; si tratta di possesso.

Dopo stasera, non avrà alcun dubbio sul fatto che sia mia.

Quando il buco del suo sedere è sufficientemente lubrificato, premo la punta del dito sulla stretta apertura, osservando la sua reazione. L'unica volta che le ho toccato il culo sotto la doccia, si è irrigidita, e mi sono reso conto che o ha un problema con il sesso anale oppure non l'ha mai praticato. Spero che sia il secondo caso, ma ho il sospetto che possa essere il primo.

Quello che so con certezza è che quando il mio dito spinge di mezzo centimetro, la natica del sedere di Yulia si contrae, e lei spalanca gli occhi. "Non farlo." La sua voce è tesa. "Per favore, non farlo."

"È stato il tuo addestratore?" Tengo il dito dov'è, senza spingerlo, né ritirarlo. "Ti ha fatto del male anche in questo modo?"

Mi fissa, con il petto ansante, e vedo la sua bocca tremare prima che stringa le labbra. Non dice niente, ma non ho bisogno di una conferma verbale.

Il figlio di puttana le ha fatto del male in questo modo—e lei teme che lo faccia anch'io.

Qualcosa si stringe dolorosamente dentro di me. Non merito la sua fiducia, ma una parte di me la vuole. È un desiderio che contraddice il mio primitivo bisogno di sottometterla, di tenerla ad ogni costo.

Anche se è legata e indifesa, non voglio che abbia paura di me—non per quello, almeno.

"Non ti farò del male" dico con calma, sostenendo lo sguardo di Yulia. La fame selvaggia che mi martella si trasforma in un sordo ruggito, quando ritiro la punta del dito. "Te lo prometto."

Rabbrividisce dal sollievo, chiudendo gli occhi, e abbasso di nuovo la testa, leccandole la figa con delicati colpi della lingua. La sua carne è duttile, ancora morbida e umida. So che non è affatto vicina all'orgasmo ora, e non cerco di fargliene raggiungere uno. Così, allevio la tensione con le labbra e la lingua, dandole un piacere poco impegnativo. Lo faccio per quelle che sembrano ore e, alla fine, sento i residui del terrore che lasciano il suo corpo.

Continuando a leccarla, sposto la bocca più in basso, sulla sua fessura cremosa, e spingo la lingua dentro, assaporandola. Si irrigidisce in un modo diverso, con un gemito che le sfugge dalle labbra, e godo della sua crescente eccitazione strofinandole con cura il clitoride gonfio con le dita. Sta gemendo sul serio adesso, e sposto la lingua ancora più in basso, sull'anello stretto tra le sue natiche.

Yulia si irrigidisce un attimo, ma continuo a leccarla lì, passando la lingua sulla sua apertura posteriore e strofinandole il clitoride fin quando è ansante e senza fiato, dondolando i fianchi con un ritmo istintivo. Sento che è vicina, e la spingo spietatamente oltre il limite, pizzicandole il clitoride con una ferma pressione costante.

Il suo corpo si contrae, e sento l'anello del muscolo che pulsa e freme sotto la mia lingua, mentre lei grida dall'orgasmo. La lecco un'ultima volta, lasciandole tutta la saliva che posso, e poi, sfruttando la distrazione del suo orgasmo, spingo di nuovo il dito. Scivola facilmente prima che il suo corpo lo risucchi, e lo tengo lì, lasciando che si adatti a quella sensazione, mentre mi alzo e mi avvicino, premendo l'inguine sulla parte inferiore del suo corpo.

I suoi occhi sono sgranati e sembrano confusi, con le labbra socchiuse mentre mi fissa, e il petto che sale e scende per i respiri affannati.

"Non ti farò del male" ripeto, tenendo il dito dentro di lei, mentre uso la mano libera per guidare il cazzo nella sua figa. "Non andremo oltre oggi."

Yulia non risponde, ma chiude gli occhi, affondando i denti nel labbro inferiore, quando la punta del mio cazzo entra nel suo stretto calore scivoloso. Con il dito nel suo sedere, sento il mio cazzo spingere dentro di lei, allungando le sue pareti interne, mentre vado più in profondità, e gemo per lo straordinario piacere, con le palle che si stringono dall'esplosivo bisogno.

"Sì, piccola, proprio così. Fammi entrare più in profondità. . ." Mi rendo conto a malapena di quello che sto dicendo, con la voce che sembra un rombo selvaggio nel mio petto, mentre la sua figa mi risucchia, inghiottendo tutta la mia lunghezza. "Oh, cazzo, sì, proprio così. . ."

Lei grida, mentre mi sistemo sul letto e comincio a spingere, non riuscendo più a trattenermi. Stare dentro di lei è il paradiso, e non vorrei mai uscirne. Se fosse per me, scoperei Yulia sempre. Ma troppo presto, il piacere si intensifica, trasformandosi in un'estasi affilata come un rasoio, e sento il bollore dell'orgasmo che mi brucia le palle. Accelero il ritmo—sto martellando dentro di lei ormai—e sento le sue grida sempre più forti, che si uniscono ai miei gemiti. Mi si appanna la vista, con l'intero corpo che si contrae dalla tensione insopportabile, e attraverso il rombo martellante del battito del mio cuore, sento Yulia urlare e sento i suoi muscoli interni che mi inghiottono il cazzo e il dito.

Vagamente, mi rendo conto che è venuta, e poi anch'io raggiungo l'orgasmo, con lo sperma che sgorga dentro di lei, mentre il mio cazzo scatta in modo incontrollabile, più e più volte.

# yulia

$S$ono stordita e tremo, con la frequenza cardiaca nella stratosfera, quando Lucas ritrae lentamente il dito dal mio sedere. Sono così fuori di me da accorgermi a malapena che Lucas mi slega, mi solleva tra le sue braccia e mi porta fuori dalla stanza.

È solo quando il getto d'acqua mi colpisce che mi rendo conto che stiamo insieme sotto la doccia, con le sue braccia avvolte intorno a me da dietro per impedirmi di cadere. I muscoli delle mie gambe tremano dopo essere stati tirati così a lungo, e il mio corpo è palpitante dopo la sua doppia invasione. Lucas mi bacia il collo, tenendomi davanti a sé, e glielo lascio fare, poggiandogli la testa sulla spalla, mentre l'acqua calda bagna i nostri corpi.

"Rilassati, bellissima." La sua voce è un leggero rombo nel mio orecchio, quando cerco di distaccarmi. Stringe le braccia attorno a me, tenendomi ferma. "Faremo solo una bella doccia insieme, tutto qui."

So che dovrei protestare, spingerlo via, ma non ho più la forza per combatterlo. Forse non l'ho mai avuta— perché lottare contro Lucas significa anche lottare contro me stessa. Qualcosa di perverso dentro di me è attratto da questo crudele uomo pericoloso, ed è stato attratto da lui fin dal primo momento.

Vedendo che non sto più cercando di allontanarmi, Lucas si assicura che io sia in grado di reggermi in piedi e allenta la presa con cautela.

"Lascia che ti lavi" mormora, prendendo un flacone di bagnoschiuma, e rimango in piedi come una bambina obbediente, mentre mi insapona tutto il corpo, lavandomi dalla testa ai piedi. Le sue mani insaponate vanno dappertutto, anche nel posto che il suo dito ha invaso prima, e chiudo gli occhi, abbandonandomi alle sue dolci cure.

Proverò disprezzo per me stessa domani, ma stasera, voglio la sua tenerezza. Ne ho bisogno.

Ha mantenuto la sua promessa di non farmi del male. Sono ancora vagamente sorpresa da questo. Quando Lucas mi ha legata, ho pensato che mi avrebbe fatto qualcosa di orribile—e quando ha cominciato a toccarmi il sedere, ero certo che lo avrebbe fatto. Ma a parte la lieve sensazione di bruciore per l'entrata iniziale, il dito non mi ha fatto male e la sua lingua mi è sembrata. . . interessante. Le sensazioni che ho provato erano strane e sconosciute, ma niente a che vedere con il terribile dolore che mi ha inflitto Kirill quel giorno.

Il getto si ferma, e apro gli occhi, rendendomi conto che Lucas ha chiuso l'acqua.

"Vieni, piccola." Mi guida fuori dal box doccia e mi avvolge un morbido asciugamano intorno, prima di asciugarsi vivacemente. "Andiamo a letto" dice, facendo un passo verso di me. "Ti stai addormentando in piedi."

Mi prende di nuovo, e non protesto mentre mi riporta nella camera da letto. Nonostante la doccia, mi sento come se stessi per cadere. Gli orgasmi che Lucas mi ha fatto provare mi hanno sfinita sia emotivamente che fisicamente, e non c'è niente che io desideri più del sonno.

Il sonno sarà la mia via di fuga per il resto della notte, e domani, il mio aguzzino partirà.

Se ne andrà, e se Rosa mi ha dato l'informazione giusta, me ne andrò anch'io.

Quel pensiero dovrebbe riempirmi di gioia, ma quando Lucas mi mette sul letto e mi ammanetta, la felicità è l'ultima cosa che provo. Anche adesso, una parte di me rimpiange quella fantasia—l'uomo di cui avevo cominciato a innamorarmi prima che mi spezzasse il cuore.

---

Lucas mi sveglia nel cuore della notte spingendo dentro di me, con il suo grosso cazzo che mi invade da dietro. Ansimo, spalancando gli occhi per l'intrusione improvvisa. Non sono bagnata come prima, ma non importa. Il mio corpo reagisce a lui immediatamente, con l'intimo che si inonda di calore liquido, mentre comincia a spingere dentro di me. Non c'è finezza in questa scopata, nessun tentativo di renderla ciò che non sia realmente.

Un suo diritto, puro e crudo.

I nostri polsi sinistri sono ancora ammanettati insieme, e la stanza è nera come la pece. Non riesco a vedere niente; posso solo sentire, mentre mi tiene contro di lui, con il braccio che sembra una fascia d'acciaio intorno al mio petto. I suoi fianchi martellano dentro di me, e lo accolgo, non potendo fare diversamente. Il mio respiro accelera, con il calore che mi increspa la pelle a ondate, e i miei muscoli interni cominciano a stringersi.

"Dimmi che sei mia." Sento il caldo respiro di Lucas sul mio collo. "Dimmi che mi appartieni."

"Io—" L'intensità delle sensazioni travolge il mio cervello annebbiato dal sonno. "Sono tua."

"Ancora."

"Sono tua." Ansimo, quando il suo cazzo colpisce un punto dentro di me che fa trasformare il calore in un bruciore vulcanico. "Sono tua."

"Sì, lo sei." Sposta la mano sinistra sul mio sesso, trascinando il mio polso con essa. "Sei mia e di nessun altro."

"Sì, di nessun altro. . ." Non so cosa sto dicendo, ma con le sue dita che mi toccano il clitoride, non mi importa. Tutto questo sembra surreale, come una sorta di sogno erotico. Sento il corpo muscoloso di Lucas che mi circonda, mentre il suo cazzo sbatte dentro di me, e il calore vulcanico aumenta, bruciando il pensiero e la ragione. Stordita, grido, quando le sensazioni raggiungono il culmine, e poi vengo, con i miei muscoli interni che si stringono intorno alla sua asta dura.

Geme anche Lucas, e sento il suo grande corpo che si contrae e rabbrividisce dietro di me. Il calore del suo seme mi inonda, e il mio sesso freme per i residui dell'orgasmo, con frizzanti scintille di piacere che mi attraversano le terminazioni nervose.

Respirando a fatica, chiudo gli occhi, sentendo il suo torace che si alza e si abbassa sulla mia schiena, mentre il suo cazzo si ammorbidisce lentamente dentro di me. So che dovrei alzarmi e pulirmi, o per lo meno prendere un fazzoletto, ma sono troppo rilassata, troppo sfinita dal piacere. Non voglio far altro che rimanere sdraiata tra le braccia di Lucas. Anche lui sembra poco disposto a muoversi, e le mie palpebre si fanno pesanti, prima che il sonno abbia la meglio su di me. Tutte le mie paure e le preoccupazioni sembrano irreali, lontane da questo momento e da noi. In un mondo lontano, siamo nemici e lui è il mio rapitore, ma non sono più in quel luogo brutale.

Sono qui, al caldo e al sicuro nell'abbraccio del mio amante.

Il velo delle tenebre mi avvolge, e mentre sprofondo nella nebbia dei sogni, lo sento dire a bassa voce: "Mi dispiace, Yulia. Mi odi?"

"Mai" sussurro a Lucas nel mio sogno. "Ti amo. Sono tua."

E mentre il sonno mi trascina con sé, lo sento baciarmi la tempia e stringermi forte, come se avesse paura di lasciarmi andare.

# lucas

Il respiro di Yulia assume il ritmo costante del sonno, ma io sono completamente sveglio, con il cuore che mi batte forte nel petto. Diceva sul serio? Sapeva cosa stava dicendo?

Sapeva che ero *io* la persona a cui lo stava dicendo?

Vorrei svegliarla ed esigere risposte, ma resisto all'impulso. Non so cosa farei, se Yulia mi dicesse che stava sognando Misha. Il solo pensiero mi brucia come l'acido. Se scoprissi che quelle parole erano per lui...

No. Non voglio nemmeno pensarci. Non voglio che Yulia mi guardi di nuovo come se fossi un mostro.

Stringendo il braccio intorno al suo torace, strofino le labbra sulla sua tempia e chiudo gli occhi, cercando di rilassarmi. Probabilmente si è trattato di un lapsus, di qualcosa che ha mormorato per caso, ma anche se ci fosse qualche verità nelle sue parole, perché dovrebbe importarmene? Il sesso è quello che voglio da lei, il sesso e un minimo di compagnia.

Solo perché voglio Yulia non significa che ho bisogno del suo amore.

Sforzandomi di rallentare il respiro, cerco di dormire, ma il pensiero che possa amarmi è come una scheggia nel mio cervello. Per quanto mi sforzi, non riesco a lasciarla andare—o a sopprimere la calda sensazione che accompagna quell'idea.

È una reazione illogica da parte mia. So meglio di chiunque altro quanto siano prive di significato quelle parole. I miei genitori mi dicevano «ti amo» come frase fatta, come qualcosa da dire gli uni agli altri e a me per convenzione sociale. Faceva parte della facciata patinata che mostravano al pubblico, e ho sempre saputo di doverlo prendere come un valore apparente. Lo stesso vale per le donne con cui ho dormito: più di una ha usato quelle parole casualmente, pronunciandole come si potrebbe dire «ciao» e "arrivederci." Non c'è assolutamente alcun motivo per cui debba prendere per oro colato la frase borbottata di Yulia—una frase che probabilmente non era nemmeno rivolta a me.

O forse sì. È possibile? Non sarebbe stata casuale per Yulia, di questo sono certo. Viste le circostanze, se fosse davvero innamorata di me, eviterebbe di farmelo sapere il più a lungo possibile—il che significa che probabilmente non si è resa conto di quello che stava dicendo.

*Fanculo.* Chiaramente, non riesco a non pensarci. Se Yulia mi ama, devo saperlo, in modo da poter smettere di ossessionarmici.

Alzandomi, mi appoggio su di lei e accendo la lampada sul comodino.

Non si scompone troppo, davanti ai miei movimenti. Le sue labbra sono socchiuse, e le ciglia formano mezzelune scure sulle sue guance pallide. Con il viso rilassato nel sonno, sembra incredibilmente giovane—un'innocente logorata dalle mie dure richieste.

La guardo per qualche istante, poi raggiungo la luce e la spengo. Sdraiandomi, modello il mio corpo sulla sua esile forma da dietro, e respiro il suo dolce profumo alla pesca dei suoi capelli.

*Presto*, prometto a me stesso, mentre chiudo gli occhi. Quando tornerò da Chicago, glielo chiederò e scoprirò la verità.

La mia prigioniera non andrà da nessuna parte, e aspettare due settimane non è poi la fine del mondo.

---

Il ronzio della sveglia del mio telefono mi desta dal sonno profondo. Reprimendo la voglia di distruggere l'oggetto incriminato, raggiungo il comodino alla mia destra e disattivo la sveglia. Sbadigliando, tiro fuori la chiave che tengo in quel cassetto e mi giro per affrontare Yulia—che stavolta si è svegliata per i miei movimenti, e mi sta guardando con occhi semichiusi dal sonno.

"Ciao, bellissima." Incapace di resistere, le sblocco le manette e la tiro sul mio grembo. È morbida e sinuosa, con la pelle deliziosamente calda, mentre la tengo su di me, e devo combattere la voglia di buttarla giù per un'ultima scopata. "Devo andare" mormoro, invece, baciandole la parte superiore della testa. Ci sono così tante cose che vorrei dirle, così tante domande che vorrei farle sulla scorsa notte, ma mi limito a dire: "Comportati bene con Diego ed Eduardo, ok?"

Si irrigidisce un po', ma la sento annuire sul mio petto.

"Yulia, per quanto riguarda ieri sera. . ." Faccio scivolare le dita tra i suoi capelli e glieli tiro delicatamente via dal viso, sentendo il bisogno di guardarla, ma si rifiuta di incontrare il mio sguardo, con gli occhi concentrati sul mio mento.

Sospiro e decido di lasciarla andare. Non è questo il momento di verificare quello che Yulia può o non può avermi detto quando era mezza addormentata. "Mi mancherai" le dico a bassa voce, invece.

Le sue labbra si contraggono, posando lo sguardo ancora più in basso, e ricordo a me stesso di essere paziente. Posso aspettare due settimane. Dandole un altro bacio sulla testa, la sposto a malincuore dal mio grembo e mi alzo, facendo del mio meglio per distogliere lo sguardo dalle sue curve nude.

Diego ed Eduardo saranno qui tra dieci minuti, e devo ancora fare la doccia e vestirmi.

# yulia

"Yulia, conosci già Diego, e questo è Eduardo" dice Lucas, indicando due giovani guardie. "Ti controlleranno durante la mia assenza."

Appoggio il fianco al tavolo della cucina e faccio un cenno con la testa ai due uomini con i capelli scuri, mantenendo un'espressione cautamente neutra. Diego è più alto di Eduardo, ma sono entrambi muscolosi e in forma. Belli a modo loro, anche se preferisco di gran lunga l'aspetto feroce e vichingo di Lucas.

"Ciao" dico, pensando che non ho niente da perdere ad essere gentile.

"Ciao, Yulia." Diego mi sorride, mostrando i suoi denti bianchi. "Devo dire che sembri molto... più pulita oggi."

Il suo ghigno è contagioso, e mi ritrovo a ricambiare il sorriso. "Tutto merito della doccia" dico ironicamente, e lui ride a crepapelle, piegando la testa all'indietro. Ridacchia anche Eduardo, ma quando rivolgo un'occhiata furtiva a Lucas, noto che il suo volto è scuro, con le sopracciglia sollevate in una smorfia.

È geloso delle guardie che ha scelto lui stesso?

"Vi ricordate le mie istruzioni, vero?" sbotta Lucas, fissando i due uomini, e mi rendo conto che effettivamente è scontento di loro. "Tutte?"

"Sì, certo" dice Eduardo in fretta. Il sorriso di Diego scompare, ed entrambe le guardie raddrizzano le spalle. "Non hai niente di cui preoccuparti" aggiunge l'uomo più basso.

"Bene." Lucas rivolge loro uno sguardo duro prima di voltarsi verso di me. "Ci vediamo tra due settimane, va bene?" dice con un tono più dolce, e annuisco, cercando di evitare di incontrare il suo sguardo limpido.

Ho il terribile sospetto che il mio sogno di ieri notte non sia stato del tutto frutto della mia immaginazione.

Lucas si ferma un attimo, come se volesse dire qualcosa, ma poi si gira e se ne va, uscendo dalla cucina. Qualche secondo dopo, sento la porta anteriore chiudersi.

Il mio rapitore è andato via.

"Allora" dice Diego allegramente, attirando la mia attenzione su di lui. Sorride di nuovo, con le braccia incrociate sull'ampio torace. "Che cosa c'è per colazione?"

---

Preparo una frittata per me e per le due guardie, facendo attenzione a non fare qualcosa di sospetto. Sembrano socievoli, ma non confondo i loro sorrisi con qualcosa di diverso da un'amichevole maschera.

I bravi ragazzi non lavorano per i trafficanti d'armi illegali, e questi due hanno anche un buon motivo per odiarmi—se sono a conoscenza del mio ruolo nel disastro aereo, voglio dire.

"Allora, Yulia" dice Eduardo, divorando la sua frittata con gusto: "Come hai imparato a cucinare così bene? È una cosa tipica dei russi?"

"Sono ucraina, non russa" spiego. Anche se la differenza nella mia regione natale è minima, preferisco considerarmi del Paese dei miei datori di lavoro. "E sì, è un po' una 'cosa' dell'Europa dell'Est. Molti là considerano ancora la cucina come un'abilità necessaria per una donna."

"Oh, è necessario, ho capito." Diego mette l'ultimo boccone della sua frittata in bocca e lancia una desiderosa occhiata alla padella vuota. "Dovrebbe essere obbligatorio, per quanto mi riguarda."

"Certo. Proprio come pulire, fare il bucato e prendersi cura dei figli, no?" Rivolgo ai due uomini un sorriso dolcissimo.

"Se una donna fosse bella come te, il bucato lo farei io" dice Eduardo con apparente serietà. "Ma per quanto riguarda le pulizie. . . Credo che ricevere aiuto sarebbe bello."

Rido, non riuscendo a contenermi. Il ragazzo non cerca nemmeno di nascondere le sue opinioni scioviniste.

"Credo che quello che Eduardo sta cercando di dire è che Lucas è un ragazzo fortunato" dice Diego diplomaticamente, dando un calcio all'altra guardia sotto il tavolo. "Ecco tutto."

"Certo." Sopprimo la voglia di alzare gli occhi. "Non ne dubito."

"Ci puoi scommettere." Diego mi fa l'occhiolino e si alza per buttare il suo piatto di carta. "Eduardo è solo viziato" spiega, tornando al tavolo. "Prima è stata la sua *mamacita* a fargli da mamma, poi l'ex-fidanzata."

"Zitto" mormora Eduardo, guardando storto Diego. "Rosa non mi ha fatto da mamma. Era solo brava nelle faccende domestiche."

"Rosa?" Sono tutt'orecchi davanti a quel nome familiare.

"Sì, è la domestica di Esguerra" dice Diego. "È una ragazza dolce. Troppo buona per questo ragazzo qua—"piega il pollice verso Eduardo—"così l'ha scaricato qualche mese fa."

"Oh, capisco" dico, cercando di non sembrare troppo interessata. Se Rosa ha frequentato Eduardo, questo spiega come faccia a sapere delle loro partite a poker. "Esguerra ha molti domestici?"

"Non proprio" risponde Eduardo, alzandosi per buttare il piatto vuoto. È accigliato; credo che il ricordo di essere stato scaricato da Rosa non sia piacevole. "Dovremmo andare" dice bruscamente, poi mi rivolge un'occhiata. "Hai quasi finito il tuo pasto, Yulia?"

Annuisco, consumando i resti della mia frittata. "Sì." Porto il piatto al cestino della spazzatura e lo butto lì, poi lavo la padella e la metto su un tovagliolo di carta per farla asciugare. "Ecco fatto."

"Bene." Diego mi sorride, con i suoi occhi scuri che brillano. "Allora vai al bagno, e poi ti porteremo a fare la tua passeggiata mattutina."

---

Mentre i due uomini mi scortano per un'allegra passeggiata nella foresta, penso che probabilmente non sono a conoscenza del mio coinvolgimento nell'incidente aereo che ha ucciso i loro colleghi. In caso contrario, sono degli attori straordinari. Fanno battute con me con la stessa facilità con cui le fanno tra loro, in modo amichevole e rilassato. Non sembrano assassini—se non fosse per il fatto che vedo le pistole infilate nella cintura dei loro jeans.

Se venisse ordinato loro di piantarmi una pallottola nel cervello, sono sicura che non esiterebbero a farlo.

La nostra passeggiata dura circa venti minuti, e poi mi riportano a casa di Lucas.

"Va bene, chica" dice Diego, portandomi nella biblioteca di Lucas. "Il tuo ragazzo ci ha detto che di solito stai qui. Prendi il libro che vuoi; abbiamo del lavoro da sbrigare."

"Ragazzo?" Sorpresa, osservo la guardia. "Vuoi dire, Lucas?"

Diego sorride. "Proprio lui. A meno che non ne hai qualcun altro qui."

Reprimo una smentita e prendo un libro a caso. Lucas non è *affatto* il mio ragazzo, ma se è questo che pensano, potrebbe tornare a mio vantaggio.

Questo spiegherebbe anche il motivo per cui le due guardie sono così gentili con me, mi rendo conto mentre cammino verso la poltrona. Generalmente, è una mossa intelligente mostrare rispetto per la fidanzata di un boss— anche se quella fidanzata è ammanettata e legata per la maggior parte del tempo.

Sedendomi, metto il libro sul mio grembo, faccio un respiro profondo e allungo i polsi verso Diego. "Fai pure. Sono pronta."

# 33

# Lucas

Il nostro volo per Chicago è tranquillo. Esguerra si trattiene nella cabina di pilotaggio ogni due ore per controllare le cose, ma trascorre la maggior parte del tempo nella cabina principale con la moglie e Rosa, che li sta accompagnando in questo viaggio.

"Nora sta ancora dormendo" dice, tornando da me un'ora prima dell'atterraggio. Solleva le sopracciglia scure in un cipiglio preoccupato. "Credi che sia normale dormire così tanto?"

"Le donne in gravidanza hanno bisogno di un sacco di riposo o, per lo meno, così ho sentito dire" dico, nascondendo un sorriso. Esguerra si comporta come se nessuna donna avesse mai portato un bambino in grembo prima di lei. "Sono sicuro che andrà tutto bene."

Annuisce e torna nella cabina passeggeri. Probabilmente per controllare Nora, penso con divertimento, prima di rivolgere di nuovo la mia attenzione ai comandi.

Dopo l'incidente, non lascio più niente al caso.

Atterriamo in un piccolo aeroporto privato alle porte di Chicago, dove una limousine blindata ci sta aspettando sulla pista. Ho mandato la maggior parte delle guardie davanti a noi, e hanno esaminato questo aeroporto da cima a fondo, quindi so che è sicuro. Eppure, continuo a guardarmi intorno alla ricerca di eventuali pericoli, prima di camminare verso la limousine e di prendere posto sul sedile del conducente.

La prudenza non è mai troppa nel nostro lavoro.

Mentre guido la limousine verso la casa dei genitori di Nora, il mio pensiero va a Yulia. Esguerra è dietro con Nora e Rosa, e sulla strada è tutto tranquillo, così decido di sfruttare questo momento per chiamare Diego.

"Come va?" chiedo, non appena la guardia risponde.

"Beh, vediamo. . ." Sembra che stia per scoppiare a ridere. "Per colazione, ha preparato una frittata deliziosa. Per pranzo, ci ha cucinato il pollo più buono che abbia mai mangiato, e per cena, sta preparando braciole di maiale grigliate e una torta al cioccolato. Quindi, direi che le cose stanno andando piuttosto bene. Oh, e l'abbiamo portata a fare una passeggiata questa mattina."

"Si sta comportando bene? Nessun tentativo di fuga?"

"Ma stai scherzando? La tua ragazza è una detenuta modello. A pranzo, ci ha anche insegnato qualche parolaccia in russo. Come *yob tvoyu mat'*—"

"Figo." Stringo i denti, respingendo un ritorno di irrazionale gelosia. So che posso fidarmi di queste due guardie, ma continua a darmi fastidio che sembrino divertirsi con la mia prigioniera. Leali o meno, sono pur sempre degli uomini, e so quanto sia facile diventare ossessionati da Yulia. "Non dimenticate di ammanettarla al palo del letto durante la notte."

"Certo, amico."

"Bene." Faccio un respiro profondo. "E, Diego, se tu o Eduardo la sfiorate con un dito—"

"Non lo faremmo mai." Il giovane messicano sembra offeso. "È tua, lo sappiamo."

"Va bene." Mi sforzo di rilassare la presa sul volante. "Per qualsiasi problema, chiamatemi."

E riagganciando, torno a rivolgere la mia attenzione alla strada.

––––––––––

La cena di Esguerra con i suoi suoceri trascorre senza incidenti, fin quando Frank, il contatto della CIA di Esguerra, non decide di farci visita. Insiste, dicendo di voler parlare con Esguerra, così chiamo il mio capo dopo essermi assicurato che i nostri cecchini siano in posizione.

Se stasera l'agenzia americana decide di farci uno sgambetto, avrà pane per i suoi denti.

Per fortuna, Frank non sembra essere un suicida. Manda via la sua auto e va a fare una passeggiata con Esguerra. Li seguo a breve distanza, tenendo la mano sulla pistola nella mia giacca. Non vanno lontano, solo al parco più vicino e tornano indietro.

"Che cosa volevano?" chiedo a Esguerra, dopo che la Lincoln nera di Frank se n'è andata.

"Che stessimo alla larga dal loro Paese del cazzo" spiega Esguerra. "A quanto pare, l'FBI è incazzata di brutto—parole di Frank, non mie. Sono preoccupati che siamo qui. Inoltre, c'è tutta la questione del rapimento di Nora."

"Già. E allora, che cosa gli hai detto?"

"Che non siamo qui per affari, e che ce ne andremo quando ci pare e piace. Ora, se vuoi scusarmi, ho una cena di famiglia che mi aspetta." Torna in casa, e mi dirigo verso la limousine, scuotendo la testa, incredulo.

Il mio capo ha le palle, devo ammetterlo.

---

È tardi quando la cena di Esguerra finisce. Per fortuna, non ci mettiamo molto a raggiungere Palos Park, il quartiere benestante in cui Esguerra ha acquistato una villa su mio consiglio.

"Sarà più sicura di un hotel" gli ho detto, quando abbiamo cominciato a pianificare il viaggio due settimane fa. "La casa in questione è particolarmente adatta, perché è recintata e ha un cancello elettronico, per non parlare del lungo viale—perfetto per la privacy."

Quando arriviamo al palazzo, Esguerra, Nora e Rosa entrano, mentre io faccio un giro di perlustrazione con le guardie per assicurarmi che siano posizionate correttamente e sappiano cosa fare in caso di emergenza. Ci metto più di un'ora, e quando finalmente entro in casa, sono più che pronto per andare a dormire. Prima, però, devo mangiare qualcosa; le due barrette energetiche che ho mangiato in macchina erano solo un merdoso sostituto della cena.

Chiaramente, la cucina di Yulia mi ha viziato.

"Oh, ciao, Lucas" dice Rosa, quando entro in cucina. Le sue guance arrossiscono, mentre mi guarda. Devo averla colta poco prima di andare a letto, perché indossa un pigiama e sta cullando tra le mani una tazza di latte fumante. "Non sapevo che fossi ancora in piedi."

"Sì, ho dovuto fare alcuni controlli di sicurezza dell'ultimo minuto" dico, sopprimendo uno sbadiglio. "Come mai sei sveglia?"

"Non riuscivo a dormire. Sono troppo su di giri, credo." Le sue labbra si piegano in un sorriso ironico. "Non avevo mai volato prima d'ora—e non ero mai stata in America."

"Capisco." Combattendo un altro sbadiglio, mi faccio strada verso il frigorifero e lo apro. È già ben rifornito—ho preso accordi io stesso per la consegna del cibo—così, prendo un po' di formaggio e del pane per preparare un panino.

"Vuoi che ti cucini qualcosa?" chiede Rosa, incerta. "Posso improvvisare qualcosa in un minuto."

"È carino da parte tua, grazie, ma dovresti andare a dormire." Dispongo una fetta di formaggio su un pezzo di pane e addento il panino asciutto. "Sono certo che dovrai cucinare un sacco domani" dico, dopo aver masticato e deglutito.

"Sì, beh, è questo il mio lavoro." Si stringe nelle spalle, poi aggiunge: "Anche se probabilmente hai ragione—credo che il Señor Esguerra speri di impressionare i genitori di Nora domani sera."

"Hmm-hmm." Finisco il resto del panino con tre morsi e rimetto il formaggio nel frigorifero. "Buona notte, Rosa" dico, girandomi per andar via.

"Anche a te." Mi guarda uscire dalla stanza, con espressione stranamente tesa, ma sono troppo stanco per chiedermi a cosa stia pensando.

Quando arrivo nella mia camera, faccio una doccia veloce e crollo sul letto. Sorprendentemente, il sonno non arriva subito. Anzi, rimango sdraiato lì e sveglio per diversi minuti, rigirandomi su un materasso matrimoniale che sembra freddo e troppo vuoto.

È passato meno di un giorno, e già sento la mancanza di Yulia.

Due settimane, mi dico. Devo solo sopravvivere alle prossime due settimane. Poi, tornerò a casa, e Yulia sarà di nuovo tra le mie braccia ogni notte.

# *yulia*

Fisso il soffitto scuro, non riuscendo a chiudere gli occhi, nonostante l'ora tarda. È strano stare nel letto di Lucas senza di lui. . . sentire il freddo acciaio delle manette che mi legano al palo del letto piuttosto che al suo polso. Mi sono abituata a dormire confortata dal suo grande corpo caldo e, anche con la coperta fino al mento, sento freddo e mi sento esposta, mentre sono sdraiata lì da sola, cercando di rilassarmi abbastanza da riuscire ad addormentarmi.

Diego ed Eduardo sono stati dei bravi carcerieri finora. Hanno rispettato la routine di cui Lucas deve averli informati, lasciandomi mangiare, rilassarmi, andare al bagno e leggere sulla comoda poltrona. Mi hanno addirittura tenuto compagnia durante i pasti, anche se ho il sospetto che il cibo che ho cucinato aveva molto a che fare con questo. Finita la cena, ho pensato che mi piacciono entrambi—per quanto possano piacere due mercenari il cui compito è quello di tenerti prigioniera. Rosa aveva ragione sul fatto che sono dei bravi ragazzi; in circostanze diverse, saremmo stati amici.

Spero che Lucas non li punisca troppo duramente per la mia fuga—sempre che domani il mio tentativo vada a buon fine, voglio dire.

Pensare a domani scaccia dalla mia mente quella minima sonnolenza che stavo cominciando ad avvertire. Per attenuare l'ansia, ripasso mentalmente i dettagli del mio piano. È semplice: subito dopo pranzo, utilizzerò gli strumenti che mi ha dato Rosa per liberarmi e farò una corsa per raggiungere il confine settentrionale della tenuta, dove le guardie della Torre Nord Numero Due potrebbero essere distratte dalla loro partita a poker. Diego ed Eduardo saranno a quella partita, quindi non verranno a cercarmi prima delle sei di sera. Entro quell'ora, sarò sul camion delle consegne—che a quel punto, spero, sarà lontano dalla tenuta di Esguerra.

Se andrà tutto bene, domani sera non sarò più prigioniera di Lucas Kent.

Dovrei essere felice; invece, sento un dolore al petto. Il sogno della scorsa notte—ammesso che si sia trattato di un sogno—è ancora terribilmente vivo nella mia mente. Per un attimo, ho dimenticato chi fossimo, quello che era accaduto tra noi, e ho detto a Lucas una cosa che non sapevo fino a quel momento.

"Mi odi?" ha chiesto lui, e come un'idiota, gli ho detto di amarlo.

Ho confessato la mia terribile debolezza irrazionale a un uomo che mi ha ferita con tutte le armi che gli ho dato.

Non avrò detto quelle parole ad alta voce. Forse *era* davvero un sogno—o, più precisamente, un incubo. Ma, in quel caso, perché Lucas ne ha parlato la scorsa notte prima di salutarmi? Perché ha detto che gli sarei mancata?

Gemendo, mi giro su un fianco e prendo a pugni il cuscino con la mano libera. Devo essere malata o per lo meno plagiata dalla mia prigionia. Non posso essere innamorata dell'uomo che vuole distruggere mio fratello.

Non posso essere l'idiota che si è innamorata di un assassinio con un cubo di ghiaccio al posto del cuore.

*Mi mancherai.*

La sua voce profonda mi sussurra nella mente, e strizzo le palpebre, cercando di chiuderle. Qualunque cosa provi, che si tratti di amore o temporanea infermità mentale, passerà non appena sarò lontana da qui.

Devo crederci, in modo da potermi concentrare sulla mia fuga.

———

La colazione e il pranzo trascorrono con una lentezza esasperante. Ora che Diego ed Eduardo mi hanno legata alla poltrona e se ne sono andati, non sto più nella pelle. Spero che non abbiano notato la mia ansia; ho fatto del mio meglio per comportarmi normalmente, ma non so se ci sono riuscita.

Sentendo la porta principale chiudersi alle loro spalle, resto in silenzio per qualche minuto, assicurandomi che non tornino. Soddisfatta che i miei carcerieri non ci siano più, comincio a muovermi. Il cuore mi batte forte, a un ritmo disperato, e mi sudano i palmi, mentre cerco attentamente tra i cuscini della poltrona gli oggetti che mi ha dato Rosa.

La prima cosa che trovo è la forcina per i capelli. Con le funi che mi legano le braccia alla sedia, i miei movimenti sono limitati, ma riesco a infilare la forcina nella serratura delle manette. Non sono affatto un'esperta scassinatrice, ma ci hanno insegnato a farlo durante l'addestramento, così dopo un paio di tentativi falliti, riesco ad aprire le manette.

La lama del rasoio è l'oggetto successivo. Con le mani non più legate, infilo la piccola lama sotto le corde intorno alle mie braccia e le recido. Non è un compito facile—sto sanguinando per i diversi tagli che mi sono procurata, dopo aver finito con una spessa corda—ma sono determinata, e dieci minuti dopo, ho tagliato abbastanza corde da riuscire ad alzarmi dalla poltrona.

Primo passo del piano completato.

Poi, mi precipito in cucina e afferro due bottiglie d'acqua e qualche barretta energetica che ho trovato in uno degli armadietti. Non mi aspetto di passare molto tempo nella giungla, ma è meglio essere preparati. In questo momento della giornata, il caldo potrebbe disidratarmi nel giro di poche ore. Prendo anche il coltello da cucina più affilato che trovo e faccio scivolare la lama del rasoio e la forcina nella tasca dei pantaloncini, per ogni evenienza. Metto il cibo e il coltello in uno zaino che ho trovato nell'armadio di Lucas, e poi mi dirigo verso la porta della camera da letto—quella che conduce al cortile e alla giungla là fuori.

Trattenendo il respiro, apro la porta ed esamino la zona. Non c'è traccia delle guardie, e tutto quello che sento sono i rumori della natura.

Tutto bene, finora.

Faccio un passo fuori e chiudo la porta dietro di me. Un'ondata di calore umido mi attraversa, facendomi aderire i vestiti alla pelle. Ho fatto bene a portare quelle bottiglie d'acqua. Dovrò camminare verso nord per due miglia e mezzo e poi verso ovest lungo il fiume per raggiungere la strada sterrata di cui ha parlato Rosa, e avrò bisogno di bere lungo il tragitto.

Facendo un respiro per calmare i nervi, mi dirigo verso gli alberi dietro la casa. Le mie scarpe da ginnastica—quelle che Lucas mi ha comprato per le nostre passeggiate—non fanno quasi nessun rumore mentre mi addentro nella giungla fitta, e tiro un sospiro di sollievo quando il tetto di alberi si chiude sopra la mia testa, nascondendomi da eventuali occhi indiscreti nel cielo.

Ora, devo raggiungere il confine e individuare la strada da cui partirà il camion delle consegne per lasciare la tenuta dopo le tre del pomeriggio.

Il sudore si accumula sotto le mie braccia e mi gocciola dalla schiena, mentre cammino di buon passo, cercando di non calpestare eventuali insetti o serpenti. Un albero sottile, un albero grande, un gruppetto di cespugli, un sasso caduto—sono questi i punti di riferimento con cui monitoro i miei progressi. Concentrarmi sulle immediate vicinanze mi aiuta a non pensare ai droni che potrebbero già essere lassù o alle torri di guardia che dovrò superare per raggiungere il confine. Rosa mi ha detto che la Torre Nord

Numero Due è quella in cui le guardie giocano a poker, ma non ho idea di come distinguere quella torre dalle altre.

Se c'è una Torre Nord Numero Due, dev'esserci una Torre Nord Numero Uno, e se mi imbatto in quella sbagliata, sono fregata.

Dopo una mezz'ora, tiro fuori la prima bottiglia e ingurgito la maggior parte dell'acqua, poi mi asciugo il sudore dal viso con l'orlo della canotta corta. Nonostante i pantaloncini e il top striminzito che indosso, il caldo è difficile da sopportare.

*Ancora un po'*, mi dico. Il fiume non dev'essere molto lontano ormai. Devo solo arrivare lì e poi svoltare verso ovest, fino al raggiungimento di quella strada.

Al massimo, ci vorrà un'altra mezz'ora di cammino.

"Alto!"

Al comando duramente urlato in spagnolo, mi blocco, alzando istintivamente le mani. La bottiglia d'acqua mi cade dalle dita nervose. *Oh, cazzo. Cazzo, cazzo, cazzo.*

La voce maschile ringhia un altro comando, e mi giro lentamente, sperando che questo sia quello che mi ha detto di fare.

Un uomo muscoloso con i capelli scuri è a un metro di distanza da me, con il suo M16 puntato sul mio petto. Indossa un paio di pantaloni mimetici e una maglietta senza maniche, e vedo una radio sul suo fianco.

È una delle guardie. Stava pattugliando la foresta e mi ha individuata.

Sono nei guai fino al collo.

Fissandomi, la guardia dice qualcosa in spagnolo, e io scuoto la testa. "Mi dispiace." Mi bagno le labbra riarse. "Non parlo molto lo spagnolo."

Il giovane mi guarda ancora più in cagnesco. "Chi sei? Che cosa ci fai qui?" dice in un inglese molto accentato.

"Sono—" deglutisco, sentendo il sudore che mi gocciola dalle tempie. "Sto con Lucas."

"Lucas Kent?" La guardia sembra confusa per un attimo; poi sgrana i suoi occhi scuri. "Sei la prigioniera."

"Uhm, più o meno. Ma ora sono sua ospite." Cerco di fare un sorriso incerto, abbassando lentamente le mani lungo i fianchi. "Sai come vanno queste cose."

Sul viso della guardia appare uno sguardo d'intesa. "Sei la sua *puta*."

Sono abbastanza certa che mi abbia appena chiamata puttana, ma annuisco e sorrido ancora di più, sperando di sembrare più seducente che spaventata. "Gli piaccio" dico, raddrizzando le spalle per spingere i seni in avanti. "Sai cosa voglio dire?"

Lo sguardo dell'uomo si sposta dal mio viso al top bagnato di sudore. "Sì." La sua voce è un po' roca. "So cosa vuoi dire."

Faccio un passo verso di lui, continuando a sorridergli. "È andato via" dico, assicurandomi di ancheggiare. "È partito per un viaggio con il tuo capo."

"Con Esguerra, sì." L'uomo sembra ipnotizzato dal mio seno, che balla al ritmo dei miei movimenti. "Per un viaggio."

"Esatto." Faccio un altro passo avanti. "Mi annoio a stare seduta in casa."

"Ti annoi?" La guardia riesce finalmente a distogliere lo sguardo dal mio petto. I suoi occhi sono leggermente vitrei quando mi guarda in faccia, ma la sua arma è ancora puntata contro di me. "Non dovresti essere qui."

"Lo so." Mi mordo volutamente il labbro inferiore. "Lucas mi lascia uscire in cortile. C'era un bell'uccello, l'ho seguito e mi sono persa."

È la storia più stupida del mondo, ma la guardia non sembra pensarla così. E, comunque, il fatto che mi stia fissando le labbra come se volesse assaggiarle potrebbe avere qualcosa a che fare con questo.

"Quindi, sì, forse potresti riportarmi a casa sua" continuo, vedendo che non risponde. Faccio un altro passetto verso di lui. "Fa molto caldo oggi."

"Sì." Abbassa l'arma e mi afferra il braccio sinistro. "Vieni. Ti ci porto io."

"Grazie." Gli rivolgo il sorriso più smagliante che posso e sollevo la mano destra, colpendo con forza la parte inferiore del suo naso.

Sento uno scricchiolio, seguito da uno spruzzo rosso. La guardia barcolla, stringendosi d'impulso il naso rotto, e io afferro la canna del suo M16, dandogli un calcio sul ginocchio mentre tiro il fucile d'assalto verso di me.

Colpisco il suo ginocchio con il piede, ma l'uomo non mi molla. Anzi, lascia il naso e afferra l'arma con entrambe le mani, tirandomi a sé.

Non sarà allenato quanto Lucas, ma è comunque molto più forte di me.

Rendendomi conto di avere solo pochi secondi prima che mi metta a terra, smetto di tirare e spingo l'arma verso di lui, facendogli perdere l'equilibrio per un attimo. Allo stesso tempo, gli do un calcio in mezzo alle gambe con tutta la forza che ho.

Le mie scarpe raggiungono il loro obiettivo: le palle della guardia. Un rantolo soffocato sfugge dalla gola dell'uomo, seguito da un urlo acuto, mentre si stringe la vita. Il suo volto impallidisce, e allenta la presa sul fucile per un secondo—che è tutto il tempo di cui ho bisogno.

Strappando la pesante arma dalle mani della guardia, la faccio oscillare sulla sua testa.

Il fucile fa un forte *tonfo* quando gli colpisce il cranio. L'impatto della collisione mi provoca una scossa di dolore alle braccia, ma il mio avversario crolla come un sasso.

Non so se sia incosciente o morto, ma non perdo tempo a controllare. Se ci sono altre guardie nelle vicinanze, potrebbero aver sentito il suo urlo.

Stringendo l'M16, comincio a correre.

Un albero. Un cespuglio. Una radice nodosa. Un formicaio. I punti di riferimento si appannano davanti ai miei occhi, mentre corro, con il respiro che mi frulla forte nelle orecchie. Ogni due minuti, do un'occhiata alle mie spalle per controllare eventuali segnali di inseguimento, ma non ne vedo, e pochi minuti dopo, decido di rallentare.

Dove diavolo è quel fiume? Due miglia e mezzo sono circa quattro chilometri; non dovrei metterci così tanto ad arrivarci.

Prima di avere la possibilità di chiedermi se Rosa possa aver mentito, il terreno davanti a me improvvisamente si inclina verso il basso con un angolo acuto. Mi fermo, riuscendo con difficoltà a evitare di ruzzolare giù per il pendio, e nel fitto groviglio di cespugli davanti a me, intravedo il luccichio azzurro sottostante.

Il fiume.

Sono al confine settentrionale della tenuta di Esguerra.

Tiro un sospiro di sollievo. Accelero per osservarlo più da vicino—e mi blocco di nuovo.

A meno di un centinaio di metri alla mia sinistra c'è una torre di guardia.

Gli alberi l'avevano occultata alla mia vista.

Riprendo a camminare e mi accovaccio dietro l'albero più vicino, sperando disperatamente che le guardie non mi abbiano già vista. Non sentendo grida o colpi di pistola, do un'altra sbirciatina alla torre.

La struttura è alta e minacciosa, e incombe sulla foresta. Nella parte superiore, c'è una solida recinzione quadrata con feritoie al posto delle finestre, e intorno alla recinzione c'è una passerella a cielo aperto. Non vedo guardie sulla passerella, ma probabilmente sono tutte dentro, a ripararsi dal caldo soffocante. Non ci sono indicazioni sulla struttura. Potrebbe essere la Torre Nord Numero Due o qualunque altra. Non c'è modo di saperlo.

Ci passerò proprio davanti, se mi dirigerò verso ovest, e se le guardie all'interno guarderanno fuori, mi cattureranno subito.

Per un momento, rifletto sulla possibilità di tornare indietro e di cercare di individuare la strada quando sarò più a sud, lontano da questa torre di guardia, ma decido di non farlo. Potrebbero esserci altre torri lì. Inoltre, Rosa ha detto che il software di sicurezza si concentra sulle cose che si *avvicinano* alla tenuta. Ciò significa che il computer potrebbe individuare qualsiasi cosa si stia spostando verso sud da questo punto.

Devo attraversare il fiume qui o svoltare subito verso ovest, cercando di trovare la strada che si interseca con questo fiume.

Guardo il fiume. Con i fitti cespugli che mi bloccano la visuale, non posso dire quanto sia largo o profondo. Potrebbe avere una forte corrente o, dal momento che questa è la foresta pluviale amazzonica, pullulare di coccodrilli. Se fossi una nuotatrice particolarmente esperta, rischierei, ma durante il mio addestramento non hanno insistito tanto su come attraversare i fiumi della giungla.

Do un'altra occhiata alla torre. Ancora nessuna guardia sulla passerella. Forse stanno giocando a poker all'interno?

Rifletto sulle mie due alternative per un minuto, concentrandomi sui pro e i contro di ciascuna, ma alla fine è la posizione del sole che mi aiuta a prendere la decisione finale. Si sta abbassando nel cielo, e questo significa che il pomeriggio sta volgendo al termine. Non ho un orologio, quindi non ho idea di che ora sia, ma probabilmente intorno alle tre.

Se non individuo la strada al più presto, rischio di perdere il camion delle consegne, e a quel punto non avrà alcuna importanza se le guardie della torre mi abbiano vista o meno. Non appena Diego ed Eduardo si renderanno conto che sono scomparsa, mi troveranno nel giro di poche ore, se sono ancora in questa giungla a piedi.

Cercando di calmare le mie mani tremanti, poggio l'M16 a terra. È molto più probabile che mi sparino se sono visibilmente armata, e un fucile d'assalto non mi aiuterà contro guardie che sono più armate e protette dalla recinzione.

Guardando il fiume per l'ultima volta, lascio il riparo del mio albero e mi dirigo verso ovest, in direzione della torre.

Un albero sottile. Un albero grande. Una radice. Un cespuglio. Uno strato di fiori selvatici. Osservo la vita delle piante mentre cammino, con la paura simile a dita ghiacciate che mi artigliano il petto. La torre si avvicina—la vedo nella visione periferica ormai—e mi sforzo di non guardarla, di muovermi lentamente e attentamente, mettendo un piede davanti all'altro.

Un albero grande. Un altro albero grande. Un piccolo fosso da superare. Ho la sensazione che il cuore possa saltarmi fuori dal petto, ma continuo a muovermi, senza guardare la torre. È alla mia altezza, poi leggermente dietro di me, e continuo a mantenere lo sguardo davanti, camminando allo stesso ritmo misurato.

Rabbrividisco e la parte posteriore del collo mi formicola quando incrocio una piccola radura, ma non sento ancora grida, né spari.

Non mi hanno vista.

Questa dev'essere la Torre Nord Numero Due.

Decido di accelerare leggermente il passo, e quando mi guardo indietro un paio di minuti dopo, la torre non è più visibile.

Mi fermo e mi appoggio al tronco di un albero, con le ginocchia deboli dal sollievo.

Sono riuscita a superare la torre senza essere uccisa.

Quando il battito del mio cuore rallenta un po', mi sforzo di raddrizzarmi e vado avanti.

Non so quanto tempo impieghi a raggiungere la strada, ma il sole sta già tramontando, quando la trovo. La strada non è lunga—è solo un sentiero sterrato che attraversa la giungla—ma nel punto in cui incrocia il fiume, si allarga su un robusto ponte di legno.

Mi fermo ad ascoltare, ma tutto tace. Non ci sono rumori di macchine che si avvicinano, né tracce di guardie.

Guardo il ponte e comincio a camminare. Mi rendo subito conto che ho fatto bene a non provare ad attraversare il fiume nel punto di prima. Il fiume è largo, ed entrambe le sponde sono ripide, quasi come una scogliera. Anche se fossi riuscita ad attraversarlo, avrei avuto difficoltà a salire dall'altra parte.

Continuo a camminare, e ben presto il ponte—e la tenuta di Esguerra—è dietro di me. Cerco di seguire la linea degli alberi il più possibile, mentre percorro la strada. Non voglio essere notata da eventuali droni che potrebbero pattugliare la zona, ma non posso rischiare di perdere il camion delle consegne.

Cammino per quelle che sembrano ore prima di sentire finalmente il rombo del motore di un'auto.

Eccolo.

Tiro fuori il coltello che ho rubato dalla cucina di Lucas e lo infilo nella cintura dei pantaloncini, coprendo il manico con la parte inferiore del top. Spero di non dover usare il coltello, ma è meglio essere preparati.

Ignorando il martellamento frenetico del mio cuore, mi metto in mezzo alla strada e aspetto che il veicolo si avvicini.

È un furgone, non un camion come pensavo. Si ferma davanti a me, e il conducente—un uomo basso di mezza età con la pelle scura—salti fuori, fissandomi con sorpresa. Chiede qualcosa in spagnolo, e io scuoto la testa, dicendo: «Turista. Sono una turista americana, e mi sono persa. Mi aiuti, per favore.»

Sembra ancora più sorpreso e dice qualcos'altro in spagnolo, molto velocemente.

Scuoto di nuovo la testa. "Mi dispiace, non parlo lo spagnolo."

Aggrotta la fronte e si guarda intorno, come se si aspettasse la magica apparizione di un interprete dai cespugli. Vedendo che non succede niente, alza le spalle e mi fa cenno di salire sul suo furgone.

Salgo sul sedile del passeggero accanto a lui, assicurandomi di tenere la mano sul coltello al mio fianco. L'uomo delle consegne potrebbe essere un dipendente di Esguerra o un civile che consegna semplicemente il cibo nella tenuta di un trafficante d'armi.

In ogni caso, se cerca di fare qualcosa—o prova a chiamare qualcuno—sono pronta.

Il conducente avvia il motore, e il furgone comincia a muoversi in direzione nord sulla strada sterrata. Dopo pochi minuti, l'uomo accende la musica e comincia a canticchiare. Gli sorrido e stacco la mano dal manico del coltello.

Ce l'ho fatta.

Sono fuggita.

Ora potrò mettere in guardia Obenko e salvare mio fratello.

"Addio, Lucas" sussurro tra me e me, mentre il furgone percorre la strada sterrata, portandomi via dal mio rapitore.

Portandomi via dall'uomo che amo.

# Anticipazioni

Grazie per la lettura! Se poteste lasciare una recensione, ve ne sarei molto grata.

La storia di Lucas & Yulia continua con *Rivendicami (Catturami: Libro 3)*. Se desiderate essere avvisati dell'uscita del libro, iscrivetevi alla mia mailing list delle nuove pubblicazioni all'indirizzo http://annazaires.com/series/italiano/.

Se non avete letto la storia di Nora & Julian, vi invito a provare *Strapazzami*. Tutti e tre i libri di quella trilogia sono disponibili.

E ora, voltate pagina per un breve assaggio di *Strapazzami*.

# Estratto Di Strapazzami

**Nota dell'Autrice:** *Strapazzami* è una trilogia dark erotica su Nora & Julian Esguerra. Tutti e tre i libri sono disponibili.

---

Rapita. Portata su un'isola privata.

Non avrei mai immaginato che potesse succedermi questo. Non avrei mai immaginato che un incontro casuale alla vigilia del mio diciottesimo compleanno avrebbe potuto cambiarmi la vita in questo modo.

Ora appartengo a lui. A Julian. A un uomo che è così spietato quanto bello—un uomo il cui tocco mi fa bruciare. Un uomo la cui tenerezza trovo più devastante della sua crudeltà.

Il mio rapitore è un enigma. Non so chi sia, né perché mi abbia presa. C'è un'oscurità in lui—un'oscurità che mi spaventa anche se mi attira.

Mi chiamo Nora Leston e questa è la mia storia.

----

È sera ormai. Ogni minuto che passa, l'ansia sale sempre di più al pensiero di rivedere il mio rapitore.

Il romanzo che stavo leggendo non mi interessa più. Lo poso e cammino in cerchio per la stanza.

Indosso gli abiti che Beth mi ha dato prima. Non è quello che avrei scelto di indossare, ma è sempre meglio di una vestaglia. Un paio di mutandine di pizzo sexy e bianche e un reggiseno abbinato come biancheria intima. Un bel prendisole blu con i bottoni nella parte anteriore. Mi sta tutto benissimo in modo sospetto. Mi seguiva da tempo? Scoprendo tutto di me, compresa la mia taglia di vestiti?

Quel pensiero mi dà la nausea.

Cerco di non pensare a quello che avverrà, ma è impossibile. Non so perché sono così sicura che verrà da me stasera. Forse ha un intero harem di donne da qualche parte sull'isola e fa visita ad ognuna solo una volta a settimana, come facevano i sultani.

Eppure qualcosa mi dice che verrà presto. Ieri sera aveva semplicemente stuzzicato il suo appetito. So che non ha finito con me, neanche per sogno.

Finalmente, la porta si apre.

Cammina come se fosse a casa sua. Ed è proprio così, infatti.

Rimango di nuovo colpita dalla sua bellezza mascolina. Potrebbe essere un modello o una star del cinema, con un viso del genere. Se ci fosse giustizia nel mondo, sarebbe stato basso o avrebbe avuto qualche altra imperfezione sul volto per compensare.

Ma non è così. È alto e muscoloso, perfettamente proporzionato. Ricordo cos'ho provato ad averlo dentro e sento una sgradita scossa di eccitazione.

Indossa ancora jeans e T-shirt. Una grigia questa volta. Sembra preferire i vestiti semplici e fa bene a farlo. Il suo aspetto non ha bisogno di altri accessori.

Mi sorride. È quel sorriso da angelo caduto—oscuro e seducente allo stesso tempo. "Ciao, Nora."

Non so cosa rispondere, così sputo la prima cosa che mi passa per la mente. "Per quanto tempo hai intenzione di tenermi qui?"

Inclina leggermente la testa di lato. "Qui in camera? O sull'isola?"

"Entrambi."

"Beth ti farà fare un giro domani, potrai nuotare se vuoi" dice, avvicinandosi. "Non verrai chiusa a chiave, a meno che tu non faccia qualcosa di stupido."

"Tipo?" chiedo, con il cuore che mi batte forte nel petto mentre si ferma accanto a me e solleva la mano per accarezzarmi i capelli.

"Cercare di fare del male a Beth o a te stessa." La sua voce è dolce, il suo sguardo ipnotico mentre mi guarda. Il modo in cui mi tocca i capelli è stranamente rilassante.

Sbatto le palpebre, cercando di spezzare il suo incantesimo. "E per quanto riguarda l'isola? Per quanto tempo mi terrai qui?"

Mi accarezza il viso con la mano, piegandola sulla mia guancia. Mi sorprendo ad appoggiarmi al suo tocco, come una gatta che viene coccolata, e mi irrigidisco subito.

Le sue labbra si arricciano in un sorriso presuntuoso. Il bastardo sa quale effetto ha su di me. "A lungo, mi auguro" dice.

Chissà perché, non mi stupisce. Non mi avrebbe portata fin qui, se avesse solo voluto scoparmi un paio di volte. Sono terrorizzata, ma non sono sorpresa.

Raccolgo il coraggio e passo alla prossima domanda logica. "Perché mi hai rapita?"

Il sorriso abbandona il suo volto. Non risponde, semplicemente mi guarda con uno sguardo blu imperscrutabile.

Comincio a tremare. "Hai intenzione di uccidermi?"

"No, Nora, non voglio ucciderti."

La sua negazione mi rassicura, anche se potrebbe benissimo mentire.

"Hai intenzione di vendermi?" riesco a malapena a far uscire le parole. "Come prostituta o qualcosa del genere?"

"No" dice a bassa voce. "Mai. Sei mia e solo mia."

Mi sento un po' più calma, ma c'è ancora una cosa che devo sapere. "Hai intenzione di farmi del male?"

Per un attimo, non risponde. Per un istante qualcosa di oscuro lampeggia nei suoi occhi. "Probabilmente" dice lentamente.

E poi si china in avanti e mi bacia, con le sue calde labbra morbide e delicate sulle mie.

Per un attimo, resto lì bloccata, senza rispondere. Gli credo. So che dice la verità quando afferma che mi farà del male. C'è qualcosa in lui che mi fa paura, che mi ha spaventata fin dall'inizio.

Non è come i ragazzi che ho frequentato. Lui è capace di qualunque cosa.

E sono completamente alla sua mercé.

Rifletto ancora una volta sulla possibilità di affrontarlo. Questa sarebbe la cosa normale da fare nella mia situazione. La cosa coraggiosa da fare.

Eppure non lo faccio.

Sento l'oscurità dentro di lui. C'è qualcosa di sbagliato in lui. La sua bellezza esteriore nasconde qualcosa di mostruoso dentro.

Non voglio scatenare quell'oscurità. Non so cosa accadrà se lo faccio.

Così, resto immobile mentre mi abbraccia e gli permetto di baciarmi. E quando mi tira di nuovo su e mi porta sul letto, non cerco in alcun modo di opporgli resistenza.

Anzi, chiudo gli occhi e mi abbandono alle sensazioni.

---

Tutti e tre i libri della trilogia *Strapazzami* sono disponibili. Visitate il mio sito all'indirizzo http://annazaires.com/series/italiano per saperne di più e per iscrivervi alla mia mailing list delle nuove pubblicazioni.

# Biografia dell'autrice

Anna Zaires è un'autrice bestseller di sci-fi romance, romance contemporaneo erotico e dark del *New York Times, USA Today*. È appassionata di libri dall'età di cinque anni, quando sua nonna le insegnò a leggere. Da allora, vive sempre parzialmente in un mondo di fantasia, in cui gli unici limiti sono quelli della sua immaginazione. Al momento risiede in Florida. Anna è felicemente sposata con Dima Zales (un autore fantasy e di science fiction) e collabora strettamente con lui in tutti i suoi lavori.

Per saperne di più, visitate il sito
http://annazaires.com/series/italiano/.